KB187178

누구의 삶도 틀리지 않았다

아무리 열심히 살아도 불안한 이들을 위한 나답게 사는 법

누구의 삶도 틀리지 않았다

박진희 지음

앤의서재

Prologue

나다움을 지키기 위해 조금 다른 길을 걷는 사람들 이야기

여러 해 전 나는 순례자의 길, '카미노 데 산티아고Camino de Santiago'를 걸었다. 프랑스 국경에서 시작해 스페인 땅 끝까지 800킬로미터를 걷는 길이다. 한국 사람에게도 이미 유명한 길이라 (대부분 그 길 위에서 나는 혼자였지만) 가끔 한국인들을 마주치곤 했다.

스페인에는 '시에스타Siesta'라는 낮잠 시간이 있다. 점심 시간이 지나 오후 네다섯 시까지, 마을엔 개미 새끼 한 마리도 보이지 않는다. '커다란 하늘과 끝도 없는 길이 전부인 곳에서 작열하는 태양을 머리에 인 채 일을 할 수 없어 생긴 제도겠지' 하며 나름 이해해보려 해도, 가끔 화날 때가 있었다. 점심도 거른 채 여덟 시간을 걷고 도착해, 허기진 배를 움켜쥐고 식당이나 바르Bar, 하다못해 슈퍼마켓이라도 찾을라치면 모두 문이 굳건하게 닫혀 있었다. 조그만 구멍가게 하나 문을 열지 않았다. 엽서를 부치고 싶어 들른 우체국조차도.

낮잠 시간도 챙길 만큼 챙겼으면 야밤엔 문을 열겠지 싶은데, 캄캄하면 캄캄하다고 또 문을 닫았다. 주말이나 공휴일에 그들의 횡포(?)는 더 심했다. '나는 돈 버는 것보다 내 시간을 가지는 것이 더 중요해'라고 온몸으로 표출하는 것 같았다.

언제나 조급하게 일하고, 마감 시간에 쫓기고, 낮엔 개미처럼 일하고, 야근을 밥 먹듯이 해오던, 한국인의 피가 철철 끓어 넘치는 나는 처음엔 이놈의 시에스타가 불편했다. "대체 일은 언제 하는 거야? 게으른 양반들아!" 하며 문 닫힌 우체국 앞에서 신경질을 부린 적도 있다.

카미노에 익숙해지고, 하늘과 땅과 배낭이 전부인 내 하루에 만족을 느낄 무렵, 나는 어느 식당에서 만난 한국인 동행들이 하는 이야기를 들었다.

"나 여기서 24시간 편의점 하나 차릴까 싶어. 돈 대박 벌 것 같아요!"

누군가의 입에서 나온 한 마디에 너도나도 '굿 아이디어'라며 치켜주었다. 천천히 걸으면서 느림의 미학을 깨닫기 위해 직장에 사표를 내거나, 학교를 휴학하고 온 사람들이 모이는 곳임에도 불구하고, 우리는 여전히 일을 열심히 하고, 돈을 많이 벌 궁리를 하고 있었다.

지금 생각해보면, 시에스타는 그들의 굳건한 약속이자 옳다고 믿는 가치관이었다. 그 마을에 누구 하나가 약속보다 '손님에게 얻는 이익'을 앞세웠다면, 금방이라도 와르르 무너질 시스템이었다(아, 물론 아늑한 휴식을 더 소중하게 생각하는 민족의 기질이 시에스타를 끝내 구해낼 거지만).

휴식보단 돈이 주는 행복을 소중하게 생각하는 민족이 정말로 이 땅에 편의점을 세울까 봐, 나는 조금 두려운 마음이 들었다. 카미노 위에서 기어이 '24시간 편의점'을 생각해낸 것 말고도 우리는 자주 '바쁜 한국인' 티를 냈다. 아침에 알베르게에서 일어나면 조곤조곤 한국말이 들린다.

"오늘 어디까지 갈 거야?"

"오늘 몇 킬로미터 걸을 거야?"

"거기 가면 늦게까지 문 여는 대형마트 있어?"

오랫동안 출판사 에디터로 살아온 나는, 그런 이야기가 들리면 피식 웃음이 났다. 매일 아침 업무회의에서 하던 말과 다름없었기 때문이다. 오늘 내가 반드시 해야 할 몫, 마쳐야 할 분량이 주어지고, 퇴근 무렵 업무일지에 결과를 기록하고, 미처 다하지 못한 분량에 괴로워하거나 내일 닥칠 일들을 두려워하며 집으로 돌아갔다.

카미노를 걸으며, 그간 내가 맞지 않는 옷을 입고 살아왔음을 느낄 수 있었다. 그래서 그렇게 일을 하는 동안 가슴이 쿵쾅댔구나, 늘 중요한 일을 빠뜨린 것 같은 불안감을 느꼈구나, 내가 나를 닦달하며 살아왔구나…….

나는 걸음이 점점 느려졌다. 잠시 잠깐 동행이었던 사람들은 저만치 앞으로 가고, 나는 계속 사람들을 앞으로 보내면서, 한 달이면 족히 걸을 길을 47일 만에 완주했다. 그래도 괜찮았다.

그렇게 걸어도 괜찮다는 것을 알았다.

물론 순례길을 벗어나 다시 일상으로 돌아가면, 나의 걸음을 또 재촉해야 하고 더 많이, 더 빨리, 더 높이를 외치며 살아야 한다는 건 알지만, 최소한 나는 그 길에서 '좀 다르게 살아도 괜찮다'라는 소중한 사실을 마음에 품게 되었다.

/

눈 떠보니 제주였다.

순례길을 벗어나 다시 일상으로 돌아왔다가, 그 순례길에서 내 느린 걸음을 인정해주던 남자를 만나 결혼과 동시에 제주에 내려온 지도 만 4년이 되었다.

제주에 내려온 정황은 이러하다. 카미노의 길 끝에서 만난 우리가 각자 돌아갈 곳은 당시 서울과 부산이었다. 카미노를 걷기 전에 원래 하던 일들을 묵묵히 하면서, 한 달에 두어 번 서울과 부산을 오가며, 2년 동안 우리는 장거리 연애를 했다.

결혼을 약속하면서, 누군가 하나는 일터를 옮겨야 했다. 가장 보편적이며 안정적인 방법은 내가 있는 서울로 신혼집을 잡고, 서울에서 맞벌이를 하는 것이었다. 출판사 에디터라는 직업은 부산에서 쉬 직장을 찾기 어려웠고, 남편의 직업 특성상 월급은 좀 줄겠지만 서울에서 직장을 구할 수 있으니까. 그리고 대출을 받아 서울 근교에 투룸 빌라 정도의 전셋집을 마련하고, 왕복 두 세 시간 되는 출퇴근을 감수하며 지하철과 버스를 매일 같이 타고 다니는 삶을 선택하는 것이다.

함께 살 생각을 하면, 좋다가도 답답했다. '하루 벌어 하루 쓰는' 두 인생의 주머니는 늘 비어 있는데, 억 소리가 나는 대출금이 나를 답답하게 했고, 지금보다 멀어질 것이 분명한 출퇴근 거리에 한숨이 나왔다.

그런데 당시 남자친구였던 남편이 내게 조금 다른 제안을 했다.

"서울에서 맞벌이를 하는 삶과 제주에서 외벌이를 하는 삶을 생각해봤어. 서울 집값을 비교해봤을 때 크게 손해 보는 게 없더라고. 너는 출퇴근하는 삶에서 벗어나지만, 프리랜서로 제주에서도 일을 계속할 수 있으니까."

나로선 거절할 이유가 전혀 없었다. "나는 외동아들이다. 너를 괴롭힐 시누이도 없고, 동서도 없다. 더군다나 내 부모님은 섬에 있어 잘 볼 수도 없다"라며 나를 꼬실 때는 언제고(시부모님이 제주로 먼저 이주하셨다). 결국 우리는 시부모님댁 지척으로 이주했다.

제주로 내려와 신혼여행도, 주례도, 예단도, 예물도, 하객도 없는, 아주 많은 걸 생략한 결혼식을 올렸다. 그리고 연세를 내고(제주는 1년 치 월세를 내는 렌트 제도를 사용한다) 바다와 한라산이 보이는 집도 구했다. 당시 우리 수중엔 합쳐 2천 만 원 정도 있었던 것 같다. 부모님과 은행을 비롯해 그 어느 누구에게도 빚지지 않고, 결혼과 살림살이를 모두 해결하고도 천만 원이 남았다.

나답게 모든 일을 결정하니 쉽사리 스트레스 받지 않았다. 별로 친하지도 않은 사람들의 결혼식에 찾아가 얼굴 도장을 찍던 내 모습을, 다른 누군가에게 시키지 않아도 되어 좋았다. 결혼식에 온 사람, 안 온 사람 구분하고 기억해내며 입술을 삐죽거리지 않아도 되어 좋았다.

제주에서도 내가 할 수 있는 일은 얼마든지 있었다. 물론 먼저 불러주는 데는 없었지만. 그래서 내가 일을 만들어보기도 했다. 가끔 일했던 출판사들을 통해 원고 교정 보는 일을 했고, 이런저런 일을 기획하고 인터뷰를 해 기사를 올리기도 했다. 벌이의 액수는 현저하게 줄었다.

서울에서 받던 두세 달 치 월급이 내 연봉이 되었다. 하지만 그만큼 씀씀이가 줄었다. 그렇다고 절망적이진 않았다. 서울에서는 스트레스를 풀 명목으로 소비하는 일이 많았다. 제주로 내려와 돈을 대가로 받았던 스트레스가 거의 줄었기 때문에, 적은 돈을 버는 건 아무렇지 않았다. 서울에서만 볼 수 있는 공연, 영화 등 문화생활이 준 건 좀 아쉬웠지만, 대신 나는 자연을 누릴 수 있었다.

/

지금 생각해보면, 스페인에서 만났던 불편한 '시에스타'가 결국 나를 제주에 오게 만들었고, 출퇴근하지 않게 만들었으며, 더 확실한 행복을 손에 들게 해준 게 아닌가 싶다.

제주는 몇 해 전 내가 걸었던 스페인의 카미노 풍경과 많이 닮아 있다. 높은 건물이 없어 어디서나 볼 수 있는 큰 하늘, 고불고불한 길과 넓은 평야, 그리고 뭉게뭉게 구름, 그 구름이 만드는 비행기 지나간 자리, 또렷하게 반짝이는 하늘 가득한 별들……. 그렇다면 제주에도 '나만의 시에스타'를 굳건하게 지키며, 또 누리며 사는 사람들이 있지 않을까?

나다움을 지키기 위해, 조금 편하고 안락한 것들을 포기한 사람들. 조금 다른 길을 걷고 있어도 괜찮아, 하며 스스로를 도닥이며 살아가는 사람들. 하지만 절대 게으르지 않고, 정직한 노동으로 제주를 더 아름답게 가꿔주는 사람들.

그렇게 정리를 하는 중에도 제법 많은 사람들이 내 머릿속을 스쳐 지나갔다. 나는 그들을 직접 만나기로 했다. 내가 만난 이들은 나이도, 성별도, 직업도, 처한 상황도 다르다. 이제 막 제주로 이주한 사람도 있고, 서울과 제주를 왔다 갔다 하는 사람도 있으며, 10년 이상 제주에서 머문 사람도 있다. 그들은 서로를 알지 못하며, 제주 곳곳에 흩어져 살지만 미묘한 공통점을 가지고 있었다.

그 공통의 분모들을 세 가지로 정리한다면 이렇다.

: 돈보다 소중한, 포기할 수 없는 나만의 가치관
: 그 가치관을 지지해주는 주변의 사람들
: 제주를 아끼고 사랑하는 마음

낯선 사람을 만나는 일은 설레고도 두려운 일이다. 하지만 언제나 만나고 돌아오는 길은 벅찬 설렘과 기쁨만 남는다. 더 잘 살아보고 싶다, 나답게 살아보고 싶다는 다짐을 하게 만든다.

이제 나는 언제나 옳은 나의 인터뷰이들, 나를 나답게 만드는 가치관을 가지고, 이웃과 함께 제주를 사랑하며 살아가고 있는 사람들을 하나씩 소개하고자 한다.

이 책의 다음 페이지, 그다음 페이지가 어느 누구에겐 긴가민가했던, 망설이게 했던, 주저하게 했던 문제의 실마리가 되기를 바라본다. 또 어느 누구에겐 “그렇게 살아도 괜찮아” 하는 위로가 되기를 바란다.

박진희

Contents

1

김태호

서울에서 대학을 졸업한 후, 직장생활을 했다. 그때그때 하고 싶은 것, 노동과 쉼의 균형을 중요하게 생각한다. 서핑하러 제주에 갔다가 정착해, 자신에게 중요한 것이 무엇인지 깨닫고 현재는 날일을 하며 하루하루 충실히, 즐겁게 산다.

몸 쓰는 일을 하며

삶의 균형을 유지해요

일용직 날일 하며 사는, 헬프브라더,
김태호

나는 애월읍과 제주 신시가지 경계에 있는, 지어진 지 30년쯤 된 재래식 아파트에 산다. 다행히 연세를 올리지 않는 좋은 주인을 만나 제주에 산 뒤로 아직 그 집과 헤어지지 않았다. 총 일곱 동의 아파트 건물 사방에는 온통 밭뿐이다. 시야에 걸리는 것이 없어 하늘은 크고 동그랗다. 앞 베란다 창문으론 한라산이, 뒤 베란다 창문으론 멀리 바다가 보인다. 밤이 되면 한치와 오징어를 잡으러 가는 배들이 바다에 별처럼 떠 있다.

아파트 주변의 경작지는 주로 귤밭인데, 1년에 삼모작쯤 하는 밭도 있다. 어느 날 꼬부랑 할머니들이 허리 한 번 펴지 않고 무언가를 심고 가면, 어김없이 촘촘하게 싹이 나고 쑥쑥 자라 열매를 맺는다. 같은 밭인데 어느 날은 무가, 어느 날은 참깨가, 어느 날은 양배추가, 심지어 어느 날은 수박이 주렁주렁 열리기도 한다. 한낮에 나가 보면 개미 새끼 한 마리 지나다니지 않는 동네인데, 밭은 한 번도 쉰 적이 없다. 매번 마법처럼 풍성한 수확을 한다. 대체 언제들 이리 부지런하게 일들을 하시는 건가.

제주에 와서 자연스럽게 '몸 쓰는 일'에 대해 경이로움을 느꼈다. 제주 사람들은 몸을 쓰는 노동을 당연시하고 부끄러워하지 않는다. 나이와 성별에 관계없이 몸을 쓸 수만 있다면, 어디서든 정직하게 노동하고 정당한 대가를 받는다. 원래 인간은 그렇게 살아왔지 않은가. 밭을 갈고 집을 짓고, 충분히 몸을 쓰고 걱정할 틈도 없이 곯아떨어지는 그런 삶 말이다.

많은 사람들이 제주 이주는 '여유 있는 사람이 하는 것'이라 생각한다. 여유는 또 돈과 일맥상통한다. 그래서 가진 자들이 여유를 부릴 수 있는 곳이 제주인 줄 알지만, 사실 그렇지 않은 경우가 훨씬 많다. 인터뷰이들을 정할 때 그 부분을 가장 우선했다. 물질적 여유보다는 정신적 여유를 가지고 사는 사람, 정직하게 노동하지만 주체적으로 삶의 시간을 쓰는 사람.

그래서 실제로 몸을 쓰는 사람을 꼭 한 번 만나고 싶었다. 목수나 농부도 좋았다. 아니면 청소를 하거나 건설 현장에 있거나, 택배를 배달하는 사람도 염두에 두었다. 어떻게 찾아야 할지 몰라 그냥 어느 날은 막막하게 인스타그램 해시태그에 '제주목수'를 검색해보기도 했다. 그런데 웬걸! 정말 내가 원하던, 딱 맞는 일을 하는 인터뷰이를 찾게 된 것이다. 그것도 목공, 농사, 청소, 건설…… 그 모든 일을 하는 사람을 말이다!

그 사람의 소개는 이랬다.

'일용직 날일 하며 사는 제주 청년 김태호,
도움이 필요하면 언제든 달려가는 헬프브라더'

사진 속 그는 — 입주 청소를 하며, 건설현장에서 혹은 행사장에서는 고양이 탈을 쓰며, 감귤 선과를 하며, 바다에서 갓 잡은 문어를 붙잡고 — 언제나 활짝 웃으며 엄지를 치켜세우고 있었다.

나는 그의 사진들을 구경하며 "심봤다!"를 외쳤다.

몸 쓰는 일이라면 무엇이든 합니다

제주 동쪽 한동리에 위치한, '인사리'라는 이름을 가진 카페에

MARVEL

서 그를 만났다. 굳이 그 카페에서 만난 이유가 있었다. 허허벌판이었던 그 자리에 건물이 들어서고 카페가 생기기까지의 모든 과정에 그가 동참했기 때문이다. 인테리어 공사 중일 때는 스태프로, 심지어 카페가 완공되고선 사장님과 인연이 되어 카페에서 커피를 내리고 청소하는 아르바이트 생활도 했다.

스스로를 '일용직 노동자'라고 소개했듯, 하루 만에 끝나는 작업들도 많지만, 이렇게 결과물이 탄생할 때까지 오랜 기간 그 현장에 있을 때 더 큰 보람과 애정이 생긴다고 말했다. 그래서 그는 삼달리에 살면서도, 굳이 이곳에서 만나자고 한 것이다. 결과물을 수확하는 농부의 마음, 출판된 책을 받아든 작가의 마음과 다르지 않을 것이다.

나와 만나기 전날까지, 그는 한 달 반 정도 육지에 나가 있었다. 인테리어 공사 일을 맡아 강원도 원주 현장에 있다가 내려왔다. 제주라는 섬의 특성상 사용할 수 없는 공사 기법이나 재료 등이 있나 보다. 그런 일을 배울 겸 다녀왔다고 했다. 30대 중반에 들어선 그가 노하우를 알기 위해 육지행도 감수하는 걸 보니, 그냥 잠시 잠깐 이 일을 하려는 것은 아닌 모양이었다.

"강원도 원주에 있는 건물인데, 원래는 탁구장이 있던 곳이죠. 그곳을 어린이 대상 음악학원으로 바꾸는 리모델링 작업을 하고 왔어요. 이런 일들은 현장에서 직접 일해 봐야 노하우가 생기니까요. 저는 같은 막노동이라도 이렇게 장기간 투입되어 하는 게 좋아요. 시키는 일만 하지 않고 내 의견이 많이 들어가기 때문인 것 같아요. 그런 데서 성취감이 오니까요."

대학을 졸업하고 제주에서 날일을 하기까지

강원도 영월에서 태어난 그에겐 누나가 셋 있다. 부모에겐 금지옥엽 막내자식, 누나들에겐 귀염둥이 동생이었(을 것이)다. 그의 부모님은 도배 일을 하며 네 자녀를 키워냈다. 어릴 적부터 그는 부모님이 도배하는 곳에 따라가 풀칠도 하고 작은 일들을 도왔다.

"당신 같은 일 하지 말라고 열심히 공부시켜놨더니, 끝내 부모님과 같은 길을 걷고 있다고……, 그것도 먼 제주라는 섬에서……. 아주 부모님 마음에 못을 박았죠. 아직도 올라오라고 성화세요. 그런데 전 예전부터 공부에 뜻이 없었어요. (웃음) 공부만 빼고 다른 모든 것이 재미있었거든요."

그래도 똑똑한 누나들 덕분인지 아니면 누나들 탓인지 모르겠지만, 아무튼 그는 세 누나를 따라 (그리고 부모님의 간절한 소망을 따라) 서울에 있는 대학교로 진학했다. 대학을 다닐 때도 늘 성적장학금을 받는 누나들 덕에 본인은 근로장학생이라도 되어 몸으로 때우며 장학금을 받았단다.

"몸을 쓰는 일은 뒤끝이 없다고 해야 할까요. 그때만 충실하게 일하면 집에 가서 잔업을 하거나 고민하지 않아도 되잖아요. 생각해보면, 저는 아주 어릴 적부터 그런 일에 능했던 것 같아요. 아버지 어머니 따라 도배하러도 다니고, 중고등학교 때는 신문 배달도 오래 했죠."

그저 오토바이가 타고 싶어서 시작한 신문 배달이었다. 타고 싶을 때만 타면 좋으련만, 눈이 오나 비가 오나 오토바이를 타야 하는 게 좀 서글펐지만, 배달하는 재미는 쏠쏠했다. 가끔은 남의 집에 배달된 우유를 마시는 치기도 부렸다며 웃었다. 오토바이를 타는 게 목적이었기에 매달 받는 월급으로 뭘 하고 싶은 것도 없었단다. 월급날이 되면 세 누나들이 그에게 잘 보이려 애썼다. 워크맨, 책과 같은 선물도 누나들에게 많이 사주었다.

대학에서 태호의 전공은 디지털콘텐츠학. 딱히 뚜렷하게 설명할 수 있는 전공은 아니지만, 귀에 걸면 귀걸이, 코에 걸면 코걸이가 될 수 있는 좋은 과목이었다. 학부 때 배운 포토샵과

몸을 쓰는 일은
뒤끝이 없다고 해야 할까요.

그때만 충실하게 일하면
집에 가서
잔업을 하거나
고민하지 않아도
되잖아요.

영상편집, 블로그 마케팅 같은 것은 대학생 시절 쏠쏠한 수입을 올리는 아르바이트 일이 되었다. 예를 들면 출판사에서 원고 조판 같은 것. 전집 아동 교재에 들어가는 도형이나 간단한 일러스트 작업을 했다. 그때의 수입이 나쁘지 않아서, 인생의 모토가 생겼다.

"한 달에 보름은 열심히 일하고, 나머지 보름은 즐겁게 놀자!"

하지만 세 누나와 부모님의 원성으로 매일 같이 일하는 회사에 어쩔 수 없이 출근하게 됐다. 첫 회사는 숙박시설 중개 사이트. 애플리케이션을 만들고 기획하는 프랜차이즈 팀에서 3년 가까이 일했다. 그런데 워낙 운동하는 걸 좋아해서, 회사 아래에 있는 헬스장에 아침에도 가고 점심 먹고도 가고 퇴근 후에도 갔더니, 헬스장에서 그를 눈여겨본 지인이 본인을 좀 도와주지 않겠냐는 제안을 해와 그 길로 퇴사를 하고 헬스 트레이너가 되었다.

회사를 다니면서 종종 제주엘 갔다. 한 번도 해본 적이 없는 서핑을 해볼까 싶어서 또 트레이너 생활을 잠시 접고 제주로 내려왔다. 그땐 더도 말고 덜도 말고 딱 한 달만 살 작정이었다. 그러다 한 달이 두 달이 되고, 두 달이 1년이 되고, 지금 3년째 이곳에 눌러앉게 되었다.

"저는 물 흐르듯이 살아왔어요. 깊은 고민을 하지 않았죠. 떠밀리면 떠밀리는 대로 흘러도 가보고, 마음 가는 대로 살았어요. 제주에서 살고픈 마음도 그냥 자연스럽게 든 거예요. 뭐 몇 년 살아보겠다, 그런 마음도 없었어요."

어디든 달려가는 '헬프브라더'

그는 사고를 치기 — 그러니까 일을 관두고 제주로 오기 — 전, 몇몇 제주 커뮤니티 사이트에 자신을 소개하는 공고를 올렸다.

"저는 일을 그만두고 서핑을 하러 한 달 정도 제주에 머물고자 합니다. 다방면으로 아르바이트를 한 덕에 몸 쓰는 일이라면 뭐든 자신 있습니다. 청소도 굉장히 잘합니다. 숙박 중개 사이트에서 오래 일한 덕에 게스트하우스 홍보 일도 잘할 자신 있습니다. 하지만 저에겐 돈보다 시간이 더 중요합니다. 월급은 괜찮으니, 숙식이 제공되고 보름 일하고 보름 쉴 수 있는 곳이 있다면 저를 불러주십시오. 최선을 다하겠습니다."

그런데 정말 그 글을 보고 게스트하우스에서 일해달라는 연락이 왔다. 그것도 여러 군데에서. 그땐 일을 요청하는 업체를 골라서 일했단다. 숙식이 제공되니 지출도 없었다. 보름은 열심히 일하고 보름은 종일 바다에서 놀았다.

그렇게 두 달 정도 일하다가, 제주에서 계속 일하면서 살 수 있겠단 생각이 들어 삼달리에 보증금 50만 원에 연세 350만 원 하는 집을 얻었다. 그다음부턴 아예 '헬프브라더'라는 이름을 걸고 블로그와 인스타그램에 글을 올렸다.

제주에 몸 쓰는 일은 넘쳐났고, 사람이 필요했다. 태호는 전문 인력이 아니기에 조금 싼 인건비를 내걸었고, 대신 최선을 다해 꼼꼼히 일하겠다는 의지를 피력했다. 주로 새로 시작하는 게스트하우스의 청소 인력이었으며, 귤 따는 시즌이 되면 귤밭에 가서 귤 나르는 작업, 선과도 했고, 건물 시공, 독채 펜션의 화단 관리와 같은 일이었다. 성수기엔 일이 제법 들어왔고, 입소문도 나서 청소업체에서 장기 계약을 제안해와 입주 청소도 한동안 했다.

시간과 일의 강도를 따져 그의 일당은 하루 10만 원에서 12만 원 선. 제주의 전문적인 인력에 비하면 조금 싼 편이다. 한 달에 보름 일하는 스케줄이 채워지면, 어김없이 자유를 누렸다. 그는 정말로 바다가 좋았다. 특히 제주 동쪽 바다가. 아홉 시부터 여섯 시까지 육체노동을 하고서도, 여름이면 돌아오는 길에 풍덩 하고 바다에 뛰어들었다.

제주에 온 첫해에는 수영을 하다가 게를 그렇게 잡았단다.

잡은 게는 잘 손질해서 냉동실에 넣어두고, 집으로 친구들이 찾아오면 게라면을 끓여 대접했다. 작년은 문어의 해였다. 그의 집으로 찾아오는 지인들은 정말 끝내주는 문어숙회를 먹을 수 있었다.

"정작 나는 이렇게 사는 게 너무나 좋고 행복한데…… 다들 걱정하시죠. 특히 미래를 생각하지 않는다고, 결혼하지 않는다고, 가족들이 많이 걱정합니다. 하지만 저는 심플하게 살고 싶어요, 앞으로도. 일할 때 열심히 일하고, 놀 때 즐겁게 놀면 그게 내 인생에 최선을 다하고 있는 거라 생각해요."

맞는 말이다. 우리가 아무리 걱정한다고 한들, 내일 일을 예측할 수 있을까? 미래를 알 수 있을까? 한 치 앞도 알 수 없는 게 우리의 인생인데, 누구의 삶은 맞고 누구의 삶은 틀렸다고 할 수 없는 일이다.

: 한 달에 보름만 일하기

: 사는 곳에서 그리 멀지 않은 곳에서 일하기(일이 없으면 몰라도, 거의 제주 동쪽에서 많은 일거리들이 들어왔다)

: 최선을 다해 일하기

이 세 가지의 원칙을 준수하며, 쉬는 날엔 서핑과 스노클링, 수영, 캠핑 등을 누렸다.

그의 단순하면서도 정답 같은 인생이 입소문을 타서 방송에도 출연하게 되었다. 그는 벌써 공중파에 한 번, 이름난 종편 프로그램에도 한 번 출연한 적이 있다.

"당시 출연을 제의한 피디님께도 그렇게 말했어요. 한 사나흘 촬영을 한다던데, 저는 하루 벌어 하루 먹고 사는 인생이라 촬영하면 그날은 공치는 게 된다고요. 제가 일당을 얼마 정도 받는데 촬영할 때도 일당 주시는 건가요, 하고요. (웃음) 그랬더니 흔쾌히 그러겠다고 하시더라고요. 그래서 또 일당 받을 때처럼 열심히 즐겁게 촬영에 임했죠."

노동과 쉼의 균형을 유지하며 책임을 다하는 법

그는 올해로 제주 3년 차가 되었다. 3년 차가 되면서 심플하게 살고 싶었던 그의 인생도 약간은 복잡해졌다. 뜻하지 않게 가장이 된 것이다.

용눈이오름을 가던 길이었다. 찻길에 강아지 한 마리가 혼자 덩그러니 앉아 있었다. 한 시간 동안 동네를 돌아다니며 주인

을 찾아보았는데, 결국 찾지 못해 집으로 데리고 왔다. 동물을 좋아하지만 워낙 깔끔한 성격이라 개와 동거하는 건 늘 부정적이었다. 그래서 강아지를 앉혀놓고 이야기했단다. "그저 널 임시 보호하는 중"이라고. "집 안에서 오줌을 싸면 바로 내보낼 거다"라고 으름장도 놨다. 그런데 신기하게도 녀석이 알아들었는지, 지금껏 단 한 번도 실내에서 배변을 하지 않은 것이다. 그래서 키우게 되었다. 용눈이오름에 올라가지도 못 하고 개만 데리고 집에 온 터라, 강아지의 이름은 '오름이'가 되었다. 지금은 한 침대에서 안고 잘 정도로 정이 들었다.

오름이로 인해 그의 인생은 많이 바뀌었다. 노동과 쉼의 균형을 유지하며 자유롭게만 살고팠던 그의 인생에 '책임감'이라는 단어가 갑자기 훅 들어온 것이다. 일단 보름 일하고 보름 쉬는, 일에 대한 기준이 깨졌다. 강아지를 위해 해야 할 일도, 들어갈 돈도 제법 생긴 것이다. 그는 오름이를 '개자식'이라 불렀다. 욕이 아니라, '자식'에 무게를 둔 용어였다. 결혼을 한 것도 아이를 낳은 것도 아니었지만, 가장으로서 해야 할 일들을 생각하게 되었고, 미래에 대해서도 생각하다 보니 '내가 계속 이 일을 해도 되나, 제주에 계속 살아도 되나' 하는 고민까지 안게 되었다.

그런 고민을 하는 자신이 어색했는지, 스스로 "사춘기가 늦게 왔다"고 표현하며 멋쩍어했다. 본인은 친구도 돈도 없이 살아도 괜찮다면서, 강아지 하나에도 세심한 마음을 잃지 않고 불편함을 감수하는 이 청년의 마음이 예뻐 보였다. 이런 마음가짐이라면, 당장 결혼하고 가정을 꾸린다 해도 문제없다고 생각했다.

"한 달간 육지에서 현장 공부하고 돌아왔는데, 제주에 사는 게 참 다행이라는 생각은 들었어요. 사실 육지에 일하러 갈 때만 해도 제주에서 계속 살 수 있을까 고민이 많았거든요. 강원도 원주도 미세먼지가 장난 아니더라고요. 제주도 물론 미세먼지가 있지만, 바람이 많이 불어 그런지 금세 정화되잖아요. 그것 하나만으로도 살 것 같더라고요. 숨 쉬는 데 고통을 느끼게 될 줄은 몰랐어요."

봄이 오면 꽃도 피고, 일도 한다

그를 2월 중순에 만났으니까, 아직은 추운 겨울이었다. 제주의 겨울은 비수기이고, 특히 인적이 드문 곳은 적막하기 짝이 없었다. 태호가 하는 일도 많지 않다. 앞으로의 삶, 강아지 오름이, 비수기와 같은 단어들은 약간의 우울감을 가져다준다. 겨울이 주는 우울감은 긍정 트레이너의 마음도 조금 흔들어놓나 보다.

제주에 오고 2년이 될 때까진 사실 일이 무척 많이 들어와 선택해야 할 정도였고, 또 일도 힘든 줄 몰랐단다. 하지만 3년 차에 접어든 지금은 살짝 불안감이 틈탔다. 그래도 불안감은 금세 털고, 혹시나 일이 없다면 공사 현장이 보이는 곳곳마다 들어가 "혹시 일손 모자라지 않습니까?" 하면서 물어보고, 필요 없다고 하면 다음 현장을 찾아보고 그럴 계획이라고 웃으며 말했다.

"빨리 봄이 왔으면 좋겠어요."

인터뷰 말미에 그는 그렇게 말했다. 나도 공감했다. 당시 인터뷰이들을 만나고, 글을 쓰고, 또 시행착오를 거치며 내 마음에도 바람이 불었던 터다. 새삼 제주의 겨울이 이토록 길었나 싶다. 그의 바람이 곧 나의 바람이었다.

하지만 태호는 현장 곳곳을 직접 찾아가지 않아도 되었다. 이제 막 봄기운이 스며들기 시작할 무렵, 그의 인스타그램엔 새로운 사진이 떴다. 여전히 그는 미소를 띤 채 엄지손가락을 치켜세우고 있었다. 여러 날일이 있지만, 그중에서도 가장 성취감이 크고 자존감을 높여주는, 시작과 끝을 다 함께 할 수 있는 공사현장에 투입된 것이다. 인터뷰 말미에 그가 꺼내놓았던 소원이기도 했다. 그 소원이 이뤄진 것이다.

나는 그가 인터뷰 때 꺼내놓았던 소망들을 차례로 생각해보

일용(日傭, 하루의 노동)으로
일용(日用)할 양식을
얻고 사는 그야말로,
신이 인간을 지은 뜻 그대로
살고 있는 것이 아닐까.

았다. 해녀학교에도 가고 싶다고 했고, 오름에도 가고 싶고, 자전거를 타고 제주를 한 바퀴 돌아보고도 싶다고 했다. 강아지와의 반려생활 때문에, 그리고 아직 봄이 오지 않은 터라 마음이 쉬 움직이지 않는다고 했던 작은 소원들이었다. 이제 봄이 왔으니, 두려움들은 내려놓고 하나씩 하나씩 소원을 이룰 차례가 온 것 같다.

/

그와 만나고 돌아오는 차 안에서 난데없이 성경의 한 이야기가 생각났다. 이스라엘 백성이 이집트를 탈출해 광야 생활을 할 때, 신은 그들에게 매일 먹을 만나와 메추라기를 하늘에 내려주었다. 백성들이 욕심을 부려 만나와 메추라기를 더 모아 저장해놓으면, 그것은 어김없이 썩어 내다버려야 했다. 주기도문 '우리에게 일용할 양식을 주시옵고'에서 '일용'의 의미는 '단 하루분의'라는 뜻이다.

일용(日傭, 하루의 노동)으로 일용(日用)할 양식을 얻고 사는 그야말로, 신이 인간을 지은 뜻 그대로 살고 있는 것이 아닐까. 그의 노동은 값지고 그가 받는 대가는 소중했다. 앞으로도 그가 모든 날들을 누리고 살기를, 뜻밖에 생각난 성경구절 앞에서 기도했다.

2

정원경

NGO 활동가, 모바일 뉴스 에디터, 마트 판매원, 카페 바리스타 등 뭐든 열심히 일했다. 그러나 정규직 여부와 상관없이 결국 비정규직으로 규정됐던 스스로의 삶에서 벗어나기 위해 제주로 향했다. 책을 읽으며 치유가 됐고, 그래서 무명서점 서점원이 됐다.

'하루 네 시간 노동'을 실천하며

행복을 되찾았어요

'무명서점', 서점원

정원경

그날, 그녀와 만나기로 약속한 장소였던 고산리 제주동백막국수집이 문을 닫았다. "웬만해선 문을 닫지 않는 곳인데, 사장님이 정말 급한 볼일이 있었나 보다"라며 그녀가 미안해했다. 다시 새로이 잡은 장소는 조금 더 바다 쪽에 있었다. 10분 정도의 거리였으니, 나는 천천히 마을을 걷기로 했다.

한경면 고산리. 제주 서쪽 끝에 있는 마을이다. 제주 동쪽 성산에서 기가 막힌 일출을 볼 수 있다면, 고산에서는 말로 다 표현 못 할 빛깔의 일몰을 만날 수 있다. 제주에서 가장 큰 하늘을 볼 수 있는 곳이 여기가 아닌가 싶다. 온통 벌판, 벌판, 또 벌판이다. 걷는 동안 사람 한 명 만나지 못했다. 하지만 길은 무척 아름다웠다. 제주의 무지막지한 건설 계획이 아직 여기까진 닿지 않았나 보다.

그녀는 이곳에서 유일무이한 책방인 '무명서점'을 운영하고 있다. 걷는 동안 사람과 마주치기도 힘든 곳에 '이름 없는' 서점이라니. 2017년 10월 31일에 오픈한 무명서점은 고산우체국 사거리, 유명제과라는 빵집 건물 2층에 있다. 유명제과 위 무명서점이라……. 원경은 "17년 동안 마을을 지켜온 동네 빵집에 기대어 가려는 마음"에, 또 "이름 붙일 수 없는 자유로운 책 읽기를 꿈꾸는 마음"에 '무명서점'이라 이름 지었다고 했다.

유명제과 옆 끼이익 소리를 내는 문을 열고, 계단을 따라 2층으로 올라가면 약간 비현실적인 공간이 나온다. 찢어진 소파 앞엔 그 소파와 높이가 잘 맞지 않는 탁자가 놓여 있다. 흥미로운 책들이 진열된 책장과 서랍장도 분명 다른 길을 걷다가 온 낡고 오래된 것들이다. 하지만 한 공간에 다시 모인 가구와 책들은 잘 어울렸다.

이 공간을 보고 있으니 그녀가 블로그에 써놓은 "'이름 모를 책들의 여행'이라는 모토 아래, 모든 책을 시 · 사랑 · 정치 · 자연으로 재배열하고, '새 책이었던 헌책'과 '헌책이 될 새 책'이 공존

MANET

하는 책방"이라는 무명서점의 소개글이 자연스럽게 떠올랐다.

무명서점과의 첫 만남이 인상 깊었던 나는 인터뷰로 원경을 만나기 전에도 서쪽 끝에 도달할 때면 종종 이곳엘 들렀다. 무명서점이 추천해주는 책 중에 한 권쯤은 마음에 품고 있다가 고산리에 가게 되면 그곳에서 샀다. 자주 찾진 못했지만, 갈 때마다 그 작은 공간은 사람들로 붐볐고 그때마다 안도했다. 나를 비롯한 많은 사람들의 로망인 이 작은 서점이 행여 자금난에 허덕이다 없어질까 두려운 마음도 살짝 있었기 때문이다.

하지만 생각보다 이 작은 공간은 힘이 있었다. 오후의 한나절은 서점이었지만, 저녁이 되면 동네 주민들이 삼삼오오 모여 이곳에서 독서 모임을 가졌고, 요가 수업도 열렸다. 유명한 시인과 작가들이 무명서점을 방문해 낭독회를 갖는 시간도 매달 열렸다.

책을 고르고 주문하고 재고를 정리하는, 단순히 서점 운영에 필요한 일을 하는 것만으로도 벅찰 텐데……. SNS에 올라오는 무명서점의 기획과 모임은 늘 새롭고 다채로웠다. 이 많고도 의미 있는 일들을 척척 해내는 그녀는 대체 어떤 사람일까, 알고 싶었다.

결국 비정규직이었다!

가끔 무명서점을 취재하러 온 사람들, 혹은 동네에서 만나 친구가 된 이들, 혹은 서점을 찾아온 손님들……, 그들과 대화를 나눌 때면 어김없이 원경이 받아야 하는 질문이 있다. "제주에 오기 전엔 무슨 일 하셨어요?" 반복해서 들어야 하는 질문 앞에서 그녀가 정리한(?) 대답은 바로 이것이다. "비정규직이었어요."

"책방 오픈 전에, 한 해직기자가 설립한 모바일 뉴스 플랫폼 기업에서 에디터로 일했습니다. 책방 운영과 병행하기엔 업무량이 많아 퇴직을 결정했어요. 그런데 대표가 저를 정규직으로 생각한 적이 없다며 퇴직금을 주지 않았어요. 제가 시급 아르바이트라도 퇴직금을 주셔야 한다고 말했더니, 그냥 안 받으면 안 되겠냐고 노골적으로 회피했어요. 부당해고를 당해 노동운동을 해온 사람이 고용주가 되더니 정규직, 비정규직을 자기 '생각'으로 구분 짓는 데 실망했어요. 그 일이 있은 후 전에 무슨 일 했냐는 질문을 받으면 '비정규직'이란 단어밖에 생각나지 않아요. 충격이 너무 컸나 봐요. (웃음)"

딱히 틀린 말도 아니다. 그녀는 정규직일 때도 비정규직으로 일해야 했다. 대학 졸업 후 NGO 단체에서 일했고, 초기에는 최저임금도 받지 못했기 때문에 '투잡'을 뛰는 건 일상이었다. 낮엔 사회단체 간사로, 밤이나 주말엔 프로 아르바이터로 살았다. 안 해본 아르바이트가 없다고 했다. 편의점 캐셔, 카페 바리스타, 전단지 배포원, 행사장 안내도우미, 마트 판매원, 찜질방 청소부…….

"서울에서 마지막으로 일했던 곳은 대치동 학원이었어요. 단체 활동을 그만두고 돈을 벌기 위해 들어간 곳이지만, NGO 활동가와 학원 강사는 간극이 컸죠. 얼굴 경련이 생기고 대상포진에 걸릴 정도로 혹사당했어요. 한 번은 기말고사 대비 수업을 모두 끝내고 다음 날 잠에서 깼는데 목소리가 아예 나오지 않더라고요. 인어공주도 아니고……. (웃음) 아무튼 3년 일하고 나자 결정해야 했습니다. 계속 이렇게 살 것인지, 떠날 것인지."

그렇게 16년을 살았던 서울 생활을 정리하고 고향으로 내려갈 결심을 했다. 하지만 귀향은 여의치 않았고 우연히 여행 온 제주에 반해 이주까지 하게 되었다. 고향처럼 섬이었고, 어디서든 바다와 숲이 가까워 살 것 같았다. 다시 도시로 돌아가고 싶지 않았다.

그때 마침, 고산리에 있는 한 국밥집에서 아르바이트를 구한다는 정보를 얻었다. 종종 밥을 먹으러 가던 곳이었다. 하루에 네 시간만 일하면 되고, 주말에 쉴 수 있고, 급여 외에도 숙식까지 제공되었다. 그녀는 이보다 더 좋은 일터는 없다고 생각했다. 면접에서 그동안 해온 온갖 비정규직, 아르바이트 경력을 늘어놓았고 금세 살 집이 생겼다. 지금도 크게 달라진 건 없지만 당시 고산리의 첫 느낌은 영화 세트장 같았다. 너무나 조용했고, 딱히 유명한 관광지가 없어서 붐비지 않았다.

오전 여덟 시쯤 출근해 점심 손님이 다 나갈 때까지 허리 한 번 펼 수 없을 정도로 바빴다. 하지만 일은 점심과 동시에 끝이 났고, 이후엔 버스를 타고 가 신창리에 있는 한경면 도서관에서 책을 읽었다. 그리고 근처 농협 하나로마트 건물 안에 있던 대중목욕탕에 들어가 뜨거운 물에 몸을 담그고, 일몰 무렵 집으로 돌아와 책을 읽다 곯아떨어지는 것이 그녀의 (한동안의) 일상이었다.

"왜 네 시간 노동이 이상적으로 얘기되는지 알겠더라고요."

나머지 자유 시간은 그녀를 행복하게 만들었다. 책을 좋아하고 글을 써온 사람이지만, 그때만큼 책을 많이 읽었던 적은 없었다. 읽고 싶은 책을 펼쳐보기도 빠듯한 세상에서, 아예 장르별로 책장에 꽂힌 순서대로 읽었으니까.

"그때 철학책을 많이 읽었어요. 도서관 서가의 십진분류법대에서 총류(00) 다음으로 철학(100)이 제일 먼저였거든요. (웃음) 철학책을 읽으면서 몸과 마음이 힘들었던 시기를 돌아봤고, 나 자신에 대해 많이 알게 되었어요. 그리고 책방지기의 꿈도 키우게 됐죠."

물론 힘든 일도 있었다. 그녀가 고산리에 정착한 해는 2016년 겨울이었다. 워낙 추위를 견디지 못하는 체질이라 부러 따뜻한 남쪽 나라를 찾아왔는데, 하필 그해 제주는 유난히 추웠고 눈도 많이 내렸다. 오래된 농가주택은 난방시설이 되어 있지 않고 욕실도 없어 부엌에서 씻어야 했다. 제일 두꺼운 패딩 점퍼를 껴입고 누워도 입에선 하얀 입김이 나왔다.

"그때 그런 생각을 했어요. 아, 내가 서울에 있을 때 인생에서 써야 할 난방비의 총량을 다 써버렸구나. 그때 흥청망청 난방해서 이렇게 고생을 하는구나. (웃음)"

서점 주인이 되다, 막연한 공상이 현실이 되던 순간

또 한 번 폭설이 내린단 기상 예보를 듣고 한 치의 고민도 없이 게스트하우스에 숙박을 예약했다. 사상 최악의 제주공항 대란으로 며칠째 비행기는 결항이었고, 도로도 마비되었다. 제주는 해가 나면 눈이 가뿐히 녹기 때문에 이렇다 할 제설작업을 하지 않는다. 하지만 그때는 눈이 너무 많이 내렸고, 제설장비도 없고, 산으로 이어지는 지대는 경사가 제법 있어 중산간 지역은 모두 고립되었다. 제주는 그야말로 '멘붕' 상태였다.

'단추스테이'라는 게스트하우스로 피한을 갔는데, 고립되긴 마찬가지였다. 게스트하우스 사장님 부부도 중산간 쪽 마을에 갇혀 숙소로 나오질 못했고, 물도 얼고 전기도 끊겼다.

"그래도 그때의 추억으로 숙소 사장님과 좋은 인연을 맺게 되었고, 같이 묵었던 띠동갑 동생과도 굉장히 친해졌어요. 당시 그 숙소엔 둘뿐이었는데, 함께 눈보라를 뚫고 물과 화장실을 찾아다녔죠."

그때 만난 숙소 사장님 덕에 지금의 무명서점 공간을 알게 되었다. 또 꿈을 펼쳐보라고 격려해주었다. 건물주인은 이곳에서 서점을 운영할 거라는, 곧 세입자가 될 그녀를 보며 걱정스런 표정을 감추지 못했다고 한다. '이 시골 바닥에서 서점이라니. 연세는 과연 낼 수 있을까?' 하는 반응이었다고. 하지만 계약하고 서점을 정식으로 오픈하기까진 두 달도 채 걸리지 않았다. 막연하다고만 생각했던 꿈이 정말로 현실이 되니, 오래전부터 공상했던 모든 계획을 바로 실행할 수 있었기 때문이다.

"국밥집에 일하러 갈 때마다 지나치던 건물이 하나 있어요.

'번개전자'라는 아주 작은 전파사 자리예요. 지금 무명서점의 반도 안 되는 크기죠. 거길 지나칠 때마다 '와, 여기서 서점 하면 좋겠다. 서점을 하면 이름은 뭐로 할까? 큐레이션은 어떻게 할까?' 매일 생각했죠. 말 그대로 공. 상. 이었어요. 왜 남들이 로또 되면 뭐할까, 생각하는 것과 같다고 보시면 돼요. 무명서점에 있는 책들의 결이자 주제인 '시 · 사랑 · 정치 · 자연'도 그 공상에서 태어난 거예요."

'줍줍'이 이끌어낸, 무규칙 협동 큐레이션

주머니 사정이 여의치 않았던 그녀는 생각보다 넓은 공간에 조금 막막해졌다. 일단 가구든 책장이든 주워서 마련해보기로 작정했다. 도서관에서 폐기하려고 내놓은 책장을 우연히 얻기도 했다. 또 보건소에 일을 보러 갔는데, 마침 확장 이전을 위해 '폐기'라고 딱지 붙은 책장과 가구, 의자들을 발견하기도 했다.

"친구가 탑차를 가지고 있어서 실어올 수 있었어요. 정말이지 그 친구 도움이 너무나 컸어요. 그리고 이 공간을 소개해준 게스트하우스 사장님(현재는 신창리에서 '커피버튼'이라는 카페를 운영하세요)이 중고 에어컨도 기증하셨고요. 운전면허학원에서

우리가
사랑하는
숲이에요

버리려던 소파도 제 눈에는 너무 근사해 보여 얻어왔어요."

그녀가 이름 붙인 '줍줍 프로젝트'를 위해 SNS에 공지를 띄웠다. 책방을 시작하는데 새 가구를 구매하고 싶진 않다, 지역에서 구할 수 있는 가구로 채우고 싶으니 버리려는 가구가 있으면 연락을 달라고. 그래서 만나게 된 인연이 있다. '무명서점 가구천사'가 된 그녀는 당시 큰 집에서 작은 집으로 규모를 줄여 이사를 갈 참이었다. 처음엔 의자 몇 개와 테이블 정도였는데, 막상 집으로 가니 "이건 어때요? 저거는요?" 하면서 자꾸 늘어났다. 친구의 탑차에 다 싣지 못해, 용달차를 하나 더 불러서야 고산리로 데려갈 수 있었다. 그때의 벅찬 감동과 기쁨은 이루 말할 수 없을 것이다. 일면식도 없었던 사람이 무명서점을 만든 후원자이자 지원자가 되었으니.

"무명서점은 나 혼자의 힘으로 만든 것이 아니라 정말 많은 사람들의 도움을 받아 생긴 것이죠. 그때의 따듯한 손길들, 우연들, 그 많은 재미난 일들 덕에 저는 이곳을 나만의 공간이라고 생각하지 않게 되었어요. 이 공간은 많은 이에게 열려 있어야 하고, 지역 사람들과 교류하는 공간으로 만들 수밖에 없었어요."

이른바 무명서점의 '무규칙 협동 큐레이션'은 이런 의미를 담고 있다. 낭독회도, 토론회도, 그 밖의 여러 가지 워크숍도 거의 매일 이곳에서 열린다. 얼마 전엔 독립출판 워크숍으로 지역 주민들이 자기만의 책을 출판했고, 원경은 그 책을 구입해 팔고, 저자와의 만남도 열었다. 열 명 남짓한 작은 규모이지만, 제주에서 가장 바쁘고 가장 활발한 모임들이 이곳에서 열린다.

사실 무명서점을 끝내 이어가기 위해 그녀는 여전히 고군분투 중이다. 대형 서점처럼 위탁 판매하는 시스템이 아니기에, 서점에서 판매하는 책 대부분을 매입해야 한다. 반품도 쉽지 않다. 그래서 팔리지 않아도 그녀가 소장할 수 있는 책들만 선택한다.

책 고르는 데도 품이 많이 들지만, 서점을 운영하다 보니 현금이 있어야 했다. 통장에 10만 원 정도만 남아 있으면 조급해졌다. 결국 책방 오픈 전 오전이나 휴일엔 일을 했다. 그녀의 삶도 훨씬 검소해졌다. 가전제품이나 가구 등 덩치가 큰 물건은 거의 사지 않게 되었다. 아낌없이 나눠주는 주위 사람들 덕분에 3개월씩 마트 한 번 가지 않고 산 적도 있었단다.

"소비 생활이 완전히 자유로워졌어요. 불필요한 물건, 불필요한 포장을 소비하지 않으면서 환경 보호도 자연스럽게 실천할 수 있게 되었어요. 가까운 바다만 나가도 쓰레기로 오염이 심각해요. 우리가 만든 쓰레기를 매일 산책하면서 볼 수밖에 없어요. 머리로만 알던 플라스틱 제품이나 일회용품을 줄이는 습관을 실천하기 시작했죠."

대신 서점 운영 시간은 오후 1시부터 일몰 무렵까지로 지킨다. 수월봉에 올라 엉알해안을 붉게 물들이는 태양을 배웅하는 것은 그녀에게 중요한 일과 중 하나. 그래서 워크숍이나 모임이 없는 날엔 자전거를 타고 일몰을 보러 간다. 일몰을 놓치겠다 싶은 날은 서점 문을 열어놓고도 다녀온다. 그 사이 도착한 손님들은 알아서 셀프 계산한다. 그만큼 저녁 산책은 그녀에게 기쁨이다. 매일 다니는 길이지만 해가 지는 각도에 따라 길의 분위기도 늘 다르다. 당산봉이나 수월봉에서 내려다보는 고산 평야는 무척 아름답다. 계절마다 수확하는 작물이 다르니, 날마다 새로운 것을 발견하는 재미가 쏠쏠하다.

가끔은 혼자 책임지려 하지 말고 도움을 구하세요

나는 가끔 독립책방이 있는 지역을 일부러 찾아간다. 문학책만 있는 서점, 그림책만 있는 곳, 종일 큰 창가 좌식 테이블에 앉아 책을 마음껏 볼 수 있는 심야책방, 모든 책을 블라인드하고 단 한 줄의 질문만으로 책을 고를 수 있는 서점……. 제주라는 섬 속 또 하나의 섬인 우도에도 서점이 있다. 각기 자기만의 방법대로 운영하는 모습이 매력적이지만, 한편으론 걱정도 된다.

주로 외진 곳이라, 사람들이 작정하고 이곳에 오지 않는 이상 하루에 책이 몇 권이나 팔릴까, 하는 현실적이고 세속적인 궁금증 때문이다. 고산리처럼 이렇다 할 관광지도 없는 곳은 더더욱 그렇다. 정말 '무명서점'이 좋아서, 작정하고 오는 사람들일 것이다. 그 사람들의 수는 얼마나 될까?

"단 한 명도 오지 않는 날도 있어요. (웃음) 어떤 날은 손님이 많아서 늦게까지 문을 열어둘 때도 있고요. 이 먼 곳까지 무명서점만 보고 찾아와준 분들에 대한 감사함이 절로 나와요. 그래서 무명서점에 발걸음한 독자들이 찾는 책에도 귀 기울이려고 노력합니다. 새 책과 헌책, 기성출판 책과 독립출판 책…… 가리지 않고 함께 진열해요. 이런 '무질서' 속에서 이름 모를 작은 책을 보물처럼 찾아낸 여행자의 얼굴을 보는 것이야말로 책방 운영의 기쁨이에요. 독자들이 찾아낸 책이 무엇인지, 출고의 흐름도 매일 온라인으로 공개하고 있어요. 출판 시장이 보여주지 않는 이름 모를 책들, 독자들이 발견해낸 책들을 보여주고 싶기 때문이에요."

소규모 서점들의 고충은 이루 말할 수 없다. 특히 초기에는 고산리까지 책을 보내주겠다는 총판이 없어 힘들었지만, 요즘

CINEMA
THEQUE

도움을 받아들이는 것은
제가 도시를 떠나 제주에 살면서 겪은
가장 큰 변화입니다.

뭐든 혼자 책임지고 해결해왔던
제 인생의 전환점이죠.

은 작은 서점끼리의 연합으로 총판과 거래하고 책을 들이는 일은 쉬워졌다. 작은 책방 운영자들의 모임인 '제주동네책방연합'은 한 달에 한 번씩 모임이 이뤄지고, 같은 고민을 하는 그들과 함께 모이면서 걱정거리에 대한 마음을 한시름 놓기도 한다.

"결국 인생은 혼자 힘으로만 살 수 없고, 서로 돕고 도움을 받아야 한다는 것을 인정하게 됐어요. 특히 도움을 받아들이는 것은 제가 도시를 떠나 제주에 살면서 겪은 가장 큰 변화입니다. 뭐든 혼자 책임지고 해결해왔던 제 인생의 전환점이죠."

/

무명서점의 슬로건이기도 한 '이름 없음'과 '시 · 사랑 · 정치 · 자연', 그리고 그것을 통해 시도하려는 이름 없는 만남이 아름답다고 말해주고 싶었다. 무명서점을 비롯한 제주의 작은 책방들과 책방지킴이들이 부디 사라지지 않았으면 좋겠다고 응원해주고 싶었다. 투잡이 아니라 쓰리잡, 포잡을 하며 무명서점의 끈을 놓지 않는 그녀가, 가끔 서점 일일 알바생을 구해놓고 존 버거 낭독회에 참석하러 비행기를 타는 그녀가, 겨울방학 땐 미련 없이 따뜻한 곳을 찾아 머무는 그녀가, 도리어 내게 너무나 큰 응원이 된다. 그러니 부디 사라지지 않았으면 좋겠다.

3

박은경

운동선수로, 트레이너로 성취감을 느끼며 살았지만, 꼭 중요한 순간에 '몸이 낸 사고'로 발목이 잡혀 '되는 일이 없다는 생각'에 오랜 시간 우울했다. 제주의 자연을 마음껏 누리며, 정작 살면서 필요한 게 많지 않다는 걸 깨달았고, 일과 휴식을 완전히 분리할 수 있는 룸메이드 일을 하며 행복을 되찾았다.

더 가지지 않고도 충만하게 사는 법을 발견했어요

리조트 룸메이드

박은경

“제가 서쪽으로 갈게요. 이틀 연달아 쉬는 휴무를 받았거든요. 소풍 가는 기분으로 애월에 들를게요.”

어렵고 부담스러운 인터뷰를 소풍 가는 마음으로, 게다가 내가 있는 곳으로 오겠다니, 이렇게 고마울 데가! 나 역시도 낯선 사람들을 만나는 일이 쉽지만은 않다. 그래서 사람을 만날 때, 다른 사람들이 생각하는 것보다 훨씬 더 마음의 준비를

많이 하고, 긴장한다. 그녀의 목소리는 그런 나의 부담감을 가라앉혀 주었다.

'서쪽'이라는 말에도 웃음이 났다. 여행객들이야 동에 번쩍 서에 번쩍 자동차를 타고 한 시간쯤 가는 거리는 우습게 여기지만, 제주에 사는 이들은 사실 동과 서를 오가는 일이 극히 드물다. 오늘의 인터뷰이처럼 이틀 연달아 휴무를 받았을 때나 건너올 수 있는 거리다.

제주에 사는 사람들끼리 모여 서로의 사는 곳을 물어볼 때, 지명보다 먼저 나오는 말이 있다. 바로 '동'과 '서'이다. 동쪽에 사는지, 서쪽에 사는지를 먼저 밝히고, 그다음 구체적인 지명으로 들어갈 때가 많다. 나는 제주 도심지에 바짝 붙은 곳에 살고 있어 애매해 보여도, 엄연히 서쪽 사람이다.

서쪽에 익숙해진 몸이라 당분간 서쪽을 떠날 생각이 없으면서도 나는 늘 동쪽을 동경한다. 말로 형용할 수 없이 깊고 푸른 바다의 색, 고불고불하고 예쁜 마을 길, 제주에서 처음 만난 따듯한 사람들. 모두 동쪽이 먼저였다. 하지만 무엇보다도 내가 동쪽을 사랑하는 이유는 동쪽 바다에 우뚝 선, 영험하기 그지없는 성산일출봉 때문이다.

성산일출봉에서 바라보는 풍경도 대단하지만, 광치기 해변에 가 닿기도 전에 기기묘묘하게 자리 잡은 그의 자태에 나는 여러 차례 압도되었다. 대체 이런 모습을 어디에서 볼 수 있을까? 성산일출봉 하나를 가졌다는 것만으로도 동은 언제나 서를 이기는 기분이 든다.

그녀는 성산일출봉이 보이는 동쪽의 끝에서 살고, 일하고, 또 누리고 있었다. 청바지에 헐렁한 점퍼, 그 위에 걸친 조끼, 아무렇게나 맨 목도리, 그리고 민얼굴이었던 은경은 키가 아주 컸다. 몸이 어떻게 생겼는지 전혀 알 수 없는 옷차림이었어도 나는 그녀가 얼마나 기다란 팔다리를 지니고 있는지, 얼마나 예쁜 몸매를 가졌는지 짐작이 갔다.

그 흔한 립글로스도 바르지 않은 얼굴의 포인트는 예쁘게 진 주름과 반짝이는 눈빛이었다. 완벽한 민얼굴이지만, 분명 화려한 화장과 옷차림도 잘 어울릴 것 같았다. 외모지상주의자는 절대로 아니지만, 은경만큼은 '첫인상이 너무나 예뻤다'로 글을 시작하고 싶었다. 렌즈를 끼고, 눈썹을 그리고, 나름 열심히 꾸미고 나온 나의 모양새가 부끄러울 만큼.

예기치 않은 사고가 인생의 전환점이 됐다

그녀는 운동선수였다. 고등학교 때부터 스포츠에어로빅 전문선수로 활동했고, 그 재능으로 대학도 들어갔다. 사회체육학과에서 에어로빅과 수영을 공부했다. 몸을 쓰는 일이라 크게 다치면 사실상 그만둬야 하는 직업이었다. 그래서 그녀의 인생의 전환점은 언제나 '몸이 낸 사고'가 담당했다.

상해를 자주 입어 선수 생활을 그만두고는 몇 년의 수영코치 생활을 했다. 하지만 이번엔 고막에 문제가 생겨 수영을 그만둬야 했다. 이후론 강남 역삼동의 내로라하는 센터에서 퍼스널 트레이너로 일했다.

"생각해보면, 직업적인 만족도가 가장 높은 시절은 그때였어요. 근무 환경도 좋았고, 찾아오던 사람들도 많았고요. 저도 누군가를 가르치며 그 사람의 몸과 건강이 변화되는 것을 지켜보는 것에 성취감을 느꼈어요. 하지만 교통사고가 나서 일을 할 수 없게 되었을 때 운동을 그만둬야 했고, 가르치는 것도 그만둬야 했어요. 너무 큰 충격이었죠. 더는 한국에서 살고 싶지 않단 생각이 들 만큼 우울감이 찾아왔어요."

그래서 미국으로 떠나 3년쯤 살았고, 돌아온 뒤에는 부산에서 살았다. 30대 초반까지의 삶과는 전혀 다른 패턴으로 살기 시작했다. 그녀는 부산에서 가장 화려한, 서면의 어느 골목에서 조그마한 칵테일 바를 운영했다. 밤에 일을 시작해 새벽에 퇴근하고, 낮에는 환한 빛을 받으며 얕은 잠을 자는 생활이 시작됐다.

선수와 코치 생활을 할 때, 자신의 에너지가 무엇에서부터 오는지 알았기에 은경은 바를 운영할 때도 그 성취감을 가지려 애를 썼다. 술이 들어간 사람들의 이야기에 귀를 기울이고, 상대하고, 최대한 위로해주고, 격려하고, 응원했다. 그녀가 그때 했던 일은 어쩌면 정신과의사가 하는 상담과 다를 바가 없었다고 생각한다. 그러나 그때 은경도 모르게, 그녀의 몸과 마음은 많이 망가지고 있었다.

몇 차례 쓰러졌는데도 그녀는 본인이 아픈지도 몰랐단다. 운동을 했던 터라 운동하는 사람들이 은연중에 가지는 자만심이 그녀에게도 내재해 있었을 것이다. '내가 요즘 허약해졌나?' 하며 운동을 더 열심히 했단다. 좋은 음식 많이 먹고 운동하면 나을 것 같았다. 하지만 강아지를 산책시키다 허허벌판에서 쓰러졌을 때에야 비로소 병원을 찾았다.

몸이 보낸 신호로 가 닿게 된, 제주 올레길

갑상선저하증과 부정맥. 의사가 심각한 목소리로 말하는 병명을 듣고서야 그녀는 정신을 차렸다. 당분간 일도 할 수 없었다. 어떻게 자신을 챙겨야 하는지 막막했다. 막막한 와중에 떠오른 생각이 '여행'이었고, 지금 당장 비행기를 타고 갈 수 있는 곳이

'제주'였다.

"제주에 '올레길'이란 게 있단 걸 알게 되었어요. 그때가 2011년이니까, 올레길이 완전히 완성되었을 때도 아니에요. 동쪽에 몇 코스, 서쪽에 몇 코스, 남쪽에 몇 코스 있을 때였죠. 저는 그 길로 아울렛에 있는 아무 매장에나 들어가 '가장 큰 가방 주세요' 해서, 짐을 챙겨 비행기를 탔어요."

당시만 해도 올레길은 코스의 출발점과 도착점에 민박과 식당이 몇 있을 뿐이었다. 20킬로미터 정도 아무것도 없고, 또 어떨 땐 어느 누구도 만나지 못하는 그 길을 끝까지 걸어야만 잠을 청하고, 배를 채울 수 있었다. 그 길을 홀로 걸으며 은경은 알게 모르게 세 번째 인생의 전환점을 맞고 있었다.

"아픈 뒤부턴 생각과 걱정이 너무나 많았어요. 잠도 제대로 자지 못했거든요. 그런데 그 아무것도 없는 올레길을 걸으며 너무너무 단순해지고 있는 저를 발견했어요. 아침에 일어나면 '달걀은 몇 개, 물병은 몇 개 챙길까?', '초코바도 좀 챙길까?', '다음 올레 표시는 대체 언제 나타나지?' 이런 생각들을 하느라 내 불확실한 미래에 대한 불안감이 틈타지 못했죠. 그리고 혼자 길을 걷기 시작하면 이유를 알 수 없는 눈물이 흘렀어요."

홀로 길을 걷는다는 것은
그런 힘이 있다.
내가 얼마나 작은 존재인지를
깨닫게 해준다.
그리고 살면서 필요한 것은
많지 않다는 것도
알게 해준다.

하늘과 땅, 몇 모금의 물, 약간의 간식……
그런 하찮고 작은 것들의
'충분함'을 깨닫게 해준다.

그녀는 그때 그 시절, 그 길, 그 눈물을 생각하며 또 한 번 울컥했다. 나는 그 마음이 무엇인지 너무나 잘 안다. 나도 길 위에 있었으니까. 나도 혼자였으니까. 옆에 사람이 있으면 절대 느끼지 못할, 외로움과 함께 찾아오는 그 소중한 시간을 만끽했으니까.

길 위에서 쏟았던 눈물의 이유는 '고마웠기 때문'이었다. 살면서 그녀의 인생엔 수많은 사람들이 지나갔다. 때론 상처 받기도 했지만, 지나고 돌아보니 대부분 그녀를 위해 도움의 손길을 내밀던 사람이었다. 스스로의 힘으로 살아왔다고 생각했는데 알고 보니 그녀는 수많은 이에게 의지하며 살고 있었다. 그걸 올레길에서 깨달은 것이다.

온전히 내 힘으로 끝까지 걸어야만 하는 그 길 위에서 그녀는 사람들을 생각했고, 또 당연한 줄만 알았던 그들의 도움에 감사하지 않은 것을 후회했다. 홀로 길을 걷는다는 것은 그런 힘이 있다. 내가 얼마나 작은 존재인지를 깨닫게 해준다. 그리고 살면서 필요한 것은 많지 않다는 것도 알게 해준다. 하늘과 땅, 몇 모금의 물, 약간의 간식…… 그런 하찮고 작은 것들의 '충분함'을 깨닫게 해준다. 나는 은경의 이야기를 들으며 몇 해 전 내가 걸었던 카미노를 생각했다.

이후로 은경은 틈만 나면 제주를 찾아 올레길을 걸었단다. 사나흘 길을 걷고 다시 일터로 돌아왔다. 제주를 자주 찾게 되면 제주에서 살게 된다는 말은 사실인가 보다. 몇 번의 올레길을 걷고, 또 몇 번의 섬 투어를 하다가 그녀는 이곳에서 살기로 결심했다.

더 가지지 않아도 행복해질 수 있어요

제주라는 섬 속에도 섬이 몇 개 있다. 제주도 사실 차가 있다면 하루 만에 둘러볼 수 있는 작은 섬이라 비양도나 가파도, 마라도 같은 제주의 위성 섬에서 하룻밤 묵고 가는 여행객은 별로 없다. 배도 일찍 끊길뿐더러 두어 시간이면 섬 전체를 둘러볼 수 있기 때문이다.

그런 비양도에 그녀가 하룻밤을 묵었다. 당시 비양도는 슈퍼마켓 하나, 식당 두어 개, 그 식당에서 운영하는 민박집이 전부였단다. 저녁장사를 막 끝낸 횟집 2층(식당 주인의 집)의 방 한 칸이 그녀가 하룻밤을 지낼 곳이었다. 용기 있게 배를 타고 왔지만, 막상 민박집에 도착해 이 섬에 외지인은 자기 하나뿐이란 생각을 하니 무서웠다.

잠도 오질 않아서 바깥에 나갔다 들어왔다를 몇 번이나 했을 때, 주인집 아저씨도 잠을 자지 않고 있다는 걸 알게 되었다. 식당 문도 닫았는데, 자꾸 어슬렁거리며 자신을 주시하고 있다는 생각에 두려웠다. 몇 번을 망설이다 용기를 냈다. "사장님, 장사 끝나신 거 아니에요?" 했더니, 사장님도 마침 잘됐다는 표정으로 와서 자신에게 물었단다. "아가씨, 여기 왜 왔어? 짐도 없고. 이 작은 섬에 뭐하러 들어온 거야? 설마…… 자살……, 죽으려는 거 아니지?"

두 사람 다 서로가 걱정되고 불안해서 잠을 못 자고 있었던 것이다. 오해를 풀고 나서야 민박집 주인은 저녁은 먹었냐고 물었다. 막 잡은 뿔소라를 생으로 썰어서 접시에 담아주며 "이걸로 맥주를 마시든 소주를 마시든 하고 얼른 자고, 내일 일찍 나가라" 하곤 그제야 본인도 잠을 청하러 집으로 들어갔다.

불안한 밤을 보내고 다음 날 아침, 제주로 나가는 배를 기다리는데 우연히 친구를 사귀게 되었다. 비양도가 고향인 어린 초등학생들. 섬 안에 학교가 없어서 학교에 다니는 5일 동안은 애월리에 있다가 주말이면 비양도로 들어와 고향 친구(?)들과 만나 노는 아이들이었다. 배 시간이 지나도록 그 아이들과 즐겁게 놀았다. 돌멩이, 보말, 스티로폼, 조개껍데기, 그들에게 놀거리는 충분했다. 오랜만에 불안감 없이 웃을 수 있었다.

"이 아이들은 꽃도 보며 사는구나, 보말도 잡고 사는구나. 휘황찬란한 장난감 없이도 이렇게 행복할 수 있구나……. 그 아이들을 보면서 더 가지지 않아도 잘 살 수 있겠단 생각이 들었어요."

몇 번이나 배를 미루다 타고 떠나야 할 시간이 되었을 때, 금세 정든 아이들은 작은 들꽃을 꺾어 은경의 손에 쥐여주었다. 그 선물에 은경은 눈물이 핑 돌았다. 해준 게 없는데 아이들에게 많은 걸 받고는 돌아섰다. 그때 결심했다. 제주에서 살아야겠다고.

살며, 사랑하며, 상처받으며 제주살이를 시작하다

그녀가 본격적으로 제주에 내려와 성산일출봉 앞에서 살기 시작한 건 2016년 어느 봄날이었다. 그녀의 일터는 옛 모텔을 리모델링해 오픈할 예정이던 제법 큰 규모의 게스트하우스였다. 제주에 오고서 다시 '몸'을 쓰는 일을 업으로 삼게 되었다. 아, 물론 그 전과는 사뭇 다른 몸 쓰는 일이다. 전엔 그룹 운동, 수영, 피트니스와 같은 일이었다면 지금 그녀는 청소, 침구 정리, 여행객 안내와 같은 일을 하고 있다.

오픈을 앞두고 있었지만, 가장 시급한 청소부터 손봐야 할 곳 투성이인, 공사판 같은 건물의 한 방에서 스태프 대여섯 명과 동고동락하며 지냈다. 당시 제주는 게스트하우스 붐이 한창일 때다. '숙식 제공', '20만 원 정도의 교통비', '보름 일하고 보름 쉬기'가 게스트하우스 직원들의 급여조건이었다.

그때 만났던 스태프들이 전부 키가 큰 여자들이었단다. 아침에 일어나면 모자를 쓰고 마스크를 낀 건장한(?) 여성들이 여자들이 할 것 같지 않은 일들 — 청소와 짐 나르기 — 을 하며 한나절을 보냈다. 해가 지면 방 안이나 옥상에서 고기를 구워 먹으며 놀았다. 쉬는 날에는 우르르 몰려가 바다에 뛰어들었다. 당시엔 몰랐지만, 그녀들은 성산 읍내의 화젯거리였다. 저 건물은 장차 무엇이 될까? 저 여인들은 한국사람일까? 뭐 하는 사람들일까? 저마다 아닌 척하며 예의주시하고 있었다고.

"그렇게 3개월 동안 청소의 나날들을 보내고, 본격적으로 게스트하우스 운영을 시작했어요(당시 그녀는 관리자로 이곳에 왔다). 절 보면 알겠지만 낯을 별로 가리지 않는 성격이라 마을 주민이랑도 금세 친해지고, 게스트하우스에 묵으러 온 젊은 여행자들하고도 잘 놀았어요. 정말 그땐 '미쳤다'라는 표현이 맞을 거예요. 정말 미친 듯이 재미있게 지냈어요. 여행자들이 저 보러 다시 이 숙소를 찾기도 했으니까요. 지하에 클럽도 있었어요. 걱정 없이 웃고 떠들고 춤추고 즐기고…… 그런 날의 연속이었어요. 그런데 그렇게 미친 듯이 에너지를 쏟아부으니 금세 지치더라고요. 1년쯤 하니 나를 그토록 즐겁게 하는 모든 것에 기운이 빠졌어요."

둠칫둠칫, 매일 밤 지하클럽에서 들려오는 음악소리를 듣는 것이 힘들 때면 종달리로 피신했다. 친하게 지내는 친구가 일하는 1인 게스트하우스에 숨어 텔레비전도 음악도 없는 적막한 공간에서 저녁에 몇 시간이라도 책을 읽었다. 육지의 피곤한 삶이 싫어 제주로 왔는데, 제주에서도 숨을 곳이 필요했다. 뭍에서 일할 때는 제주의 올레길을 피난처 삼았다면, 제주에서 일할 땐 우도로 도망갔다. 그렇게 우도로 여행을 자주 가다 우도에서 살게 되었다. 성산에서 일하던 게스트하우스에 비하면 작은 객실 두 개밖에 되지 않는 작은 숙소를 관리하며 또 1년을 살았다.

운동선수에서 칵테일 바 월급 사장, 그랬다가 보험설계사, 그리고 숙소 관리자까지. 진짜 파란만장하게 산 것 같지만, 전혀 달라 보이는 그 길에도 어느 정도 공통점은 있었다. 사람을 많이 만나는 직업이었다는 것. 사람에게 상처도 받고 스트레스도 많이 받지만, 그녀는 사람을 좋아했다. 강아지와 고양이를 사람보다 더 사랑한다고 고백했으니, 사실 그녀는 모든 생명을 사랑하는 사람이었다. 힘들 걸 알면서도 말하고 숨 쉬는 생명에게 의지하며 살아가고 있었다.

"제 기질인 것 같아요. 제가 우도에서 나와서는 다시 일자리를 구할 때까지 성산에 있는 큰 고깃집에서 아르바이트도 했거든요. 고기가 다 같아 보여도 굽는 정도에 따라 얼마나 다른 맛을 내는 줄 아시죠? 손님상에 고기가 타고 있으면 내 마음도 같이 타들어가서 (웃음) 제가 옆에 딱 붙어서 고기 많이 구웠어요. 손님들의 질문에 재미나게 답을 해드리면 팁도 많이 받고요. 사람과 사람을 연결해주는 다리 역할도 많이 했죠."

완벽에 가까운 자유를 누리기 위해 선택한 일

그랬던 그녀는 현재 어느 호텔에서 룸메이드 일을 하고 있다. 여전히 성산일출봉이 보이는 곳에서. 6개월을 채우고 이제 막 정직원이 되었다. 신기하게도 함께 일하는 동료들은 모두 제주 토박이라고 했다.

퇴실한 객실, 혹은 고객이 외출 중인 객실을 청소하는 일. 그 방을 사용 중인 사람과는 전혀 마주칠 일이 없다. 그간 사람과 마주 보고, 웃고, 대화하던 일을 주로 했던 은경에게 사람과는 단절되고, 온전히 몸을 쓰는 일에만 집중할 수 있는 시간이다.

객실로 들어가 환기를 시키고, 필요한 물품들을 채워놓고, 욕실을 비롯해 객실 구석구석을 청소한다. 침대 커버를 새것으로 교체하고, 사용한 수건과 함께 세탁실로 가져간다. 한 방을 정리하는 데는 30분에서 한 시간 이상 사용된다. 점심시간 외에는 다른 생각을 하거나, 휴대폰을 보거나 할 틈이 없다. 땀에 폭 젖을 정도로 온전히 방을 깨끗하게 하는 데만 힘을 쓴다.

"메이드 일은 호텔 내의 여느 부서 일보다도 시간적으로 타이트하고 육체적으로 힘든 일이에요. 다른 직원들보다 연령대도 훨씬 높죠. 현지 '삼춘'들이 생계를 유지하기 위한 일자리로 보시면 돼요. 함께 일하는 동료들을 보며 우리 엄마 생각을 해요. 지금 일흔이 넘으셨는데, 제가 태어나기도 전부터 시작해 지금까지 가정도우미 일을 하고 계시거든요. 가끔은 엄마가 가정도우미가 아니라 지금의 나처럼 룸메이드였다면 경력도 인정받고, 직급도 있고, 정년퇴직도 하고, 또 교육도 하실 수 있을 텐데…… 아쉽기도 해요. 여기 언니들 너무 멋지거든요. 게다가 우리는 주 5일 근무하는 정규직 사원이고요. 나이가 많다 한들 젊은 사람들에게 비교당하지 않고, 프라이드를 가지고 일해요."

몸을 쓰는 일은 삶과 휴식과는 완벽하게 분리된다. 일터에 들어가면 오로지 일에 몰입해야 하고, 일터를 빠져나오면 더는 일을 가지고 나오지 않아도 된다. 스트레스와 함께 퇴근하지 않으니 일을 끝낸 모든 시간은 언제나 자유롭고 상쾌하다.

"퇴근 이후의 삶은 온전히 나의 것이에요. 완벽하게 행복한 시간만 남아 있어요. 그건 저를 정말 기쁘게 해요. 나만의 공간에서 나를 위한 일만을 하며 쉴 수 있으니 얼마나 행복해요. 다들 출근한 월요일에 강아지를 끌고 마을을 한 바퀴 산책해요. 그때 들리는 새소리, 바람소리…… 절로 '아 행복하다'라는 말이 나와요. 자연 속에 있으니 돈이 드는 일들과는 조금 멀어지는 기분이죠. 바람, 햇빛, 꽃, 이런 것들과 함께 있으면 나를 내려놓게 되잖아요. 욕심도 없어지고, 가진 것에 만족할 수 있게 되고……."

예로 든다며, 그녀는 마당 앞 빨래건조대 이야기를 꺼냈다. 바람과 햇빛이 좋은 날은 어김없이 빨래를 하고 아무렇게나 만든 건조대에 옷들을 말리며, 그 옆에 앉아 커피를 마신다. 생각만 해도 마음이 편안해지는 장면이다.

"물론 이 일을 언제까지 할 수 있을까에 대한 고민도 계속 하죠. 하지만 지금은 이 일에 대한 장점만 가지고, 또 최대한 그 장점을 활용하려고 노력해요. 평균적으로 사흘에 한 번, 나흘에 한 번 쉴 수 있고. 공휴일도 포함해 연달아 쉴 수도 있고. 그런 날은 내가 하고 싶은 것들을 최대한 누리며 살 수 있으니까요. 이곳에서 일하는 동료들은 저보다 언니인데, 딱 한 명 동생

누군가에게는 단 한 번뿐인 추억이
저에겐 일상이 되는 거죠.
4년이 지난 지금도
친구들이 곱씹는 추억이
저에게는 매일 일어나고 있으니까요.

이 있어요. 아기 엄마죠. 아주 어릴 적부터 이 일을 했어요. 20대 초반부터 룸메이드 일을 한 친구라 내가 아무리 기를 쓰고 애를 써도 따라갈 수 없는 속도로 깔끔하게 일을 해요. 제가 그 정도의 노하우가 생길 때까진 해야 하지 않을까요? (웃음)"

나는 그녀에게 제주에 살면서 가장 크게 누리는 행복이 무엇인지 물었다. 그녀는 "추억의 크기가 점점 작아지는 것"이라고 대답했다.

"우도에 살 때 육지 친구들이 며칠 놀러온 적이 있었어요. 물론 저도 기억하고, 또 아주 좋은 시간이었다고 생각해요. 그런데 그 친구들은 몇 년이 지난 지금도 그때 일을 추억하거든요. 그때 했던 말까지 고스란히 기억하는 거예요. 저는 좋았던 순간이라는 것만 어렴풋이 기억할 뿐이지, 구체적인 대화들은 생각나지 않아요. 사실 제주에서는 그런 일들이 많아요. 누군가에게는 단 한 번뿐인 추억이 저에겐 일상이 되는 거죠. 4년이 지난 지금도 친구들이 곱씹는 추억이 저에게는 매일 일어나고 있으니까요."

/

소풍 가는 기분으로 왔다더니, 은경은 정말로 도시락을 싸왔다. 냉장고에 쥬키니 호박이 있어서 처음으로 샌드위치에 구운 호박을 넣어봤다며, 내 몫의 샌드위치도 하나 내밀었다. 내가 은경에게 만나달라고 졸랐지만, 더없는 환대를 받은 기분이었다.

책을 내기로 결정한 뒤부터 실행에 옮기는 몇 달 동안 내 마음은 롤러코스터를 타고 있었다. 사람들은 저마다 이야기가 있었고, 또 이야기를 듣는 내내 행복하고 안타깝고 좋았다. 하지만 글로 인터뷰를 옮길 때마다 힘들었다. '제주'를 키워드로 잡고 시작한 인터뷰이지만, 만나 대화하다 보니 '제주'를 벗어나 한 인생에 대한 이야기를 하지 않을 수 없었고, 그것을 정리해내는 일이 어렵고 두려웠다.

단어 하나하나가 조심스러웠다. 인터뷰이가 행복하지 않으면 언제라도 그만둬야 할 글이었다. 글을 쓰면서 나의 자존감은 올라갔다 내려갔다 반복했고, 기분 좋게 만났던 사람들이 나의 글로 인해 상처받을까 봐 두려운 시간들이 계속되었다.

그럴 때 그녀의 도시락, 샌드위치 속 구운 호박을 떠올리면 마음이 안정됐다. 너무 맛있게 먹기도 했지만, "네가 생각하는 최악의 상황은 도래하지 않을 거야. 혹여 그런 일이 벌어진다

해도 그건 나쁜 일이 아닐 거야. 너에게 도움 될 거야" 하는 응원의 목소리 같았기 때문이다.

인터뷰 이후 두어 달 뒤에도 나와 그녀에겐 끊임없이 어떤 일들이 벌어졌다. 하지만 그건 일상 속에서 겪고 견뎌야 할 일이었다. 은경은 연인과 헤어졌고, 새로운 곳으로 이사했다. 하지만 그녀는 성산을 벗어나진 않았다. 그곳에서 일하고, 여전히 강아지와 함께 익숙한 마을을 산책했다. 지나가는 것들은 지나가게 두고, 하지만 끝까지 사랑해야 할 것들은 곁에 두면서 그렇게 계속 자라고 있었다.

4

이힘찬 · 정희정

서울에서 마케팅일을 하는 월급쟁이였던 둘은 마음과 몸이 지칠 대로 지쳐 결국 회사를 그만뒀다. 연봉을 포기하고 '프리랜서'의 길로 들어서며 조금은 가난해졌지만, 대신 하고 싶은 일을 원 없이 하며 살게 됐다. 둘은 제주에서 만나 사랑에 빠져 결혼을 했다.

불확실성을 즐기면 할 수 있는 일이 무궁무진해요

프리랜서 작가 부부

이힘찬 ◦ 정희정

일도2동, 이도1동, 삼도2동…….

헷갈리기 짝이 없는 이 재미난 이름들은 제주 구도심의 동네 명칭이다. 원도심이라고도 불리는 이 동네들은 서울의 종로 같은 곳이다. 한때 중심지였으나, 신도시권이 생기면서 점차 퇴색된 곳. 하지만 제주의 주요 기관들은 여전히 이곳에 있다. 조선시대 제주 지방을 통치하던 제주목관아부터 현재 제주시의 행정을 돌보는 시청, 그리고 옛날 한옥과 1980년대쯤

지어졌을 현대식 건물이 서로 섞여 질서를 이룬다. 그 모습이 꽤 매력적이다.

서울에 있을 때 가회동에 있는 회사를 다닌 덕분에 이런 모습이 꽤 익숙하다. 한옥과 빌딩이 이루는 부자연스러움이 얼마나 조화로운지, 아무렇게나 나 있는 좁디좁은 골목길이 얼마나 재미있는지 나는 알고 있다. 그래서 제주의 원도심은 서울의 종로처럼 '한물간'이라는 단어로 절대 표현되지 않는 힘있이 있다.

'전농로'라는 구도심의 동네들을 잇는 좁은 길이 있다. 2차선이라 차들도 조심조심 개미처럼 줄지어 가는 낡은 길이지만 구도심을 대표하는 길이기도 하다. 봄이면 이 길에 하늘이 보이지 않을 정도로 벚꽃이 핀다. 걸어도 걸어도 행복해지는 길, 전농로에 올 땐 차가 있는 것이 불행으로 느껴질 정도이다.

"저희는 전농로에 살아요."

만날 장소를 정할 때 인터뷰이가 말했다. 삼도동과 같은 동네 이름이 아니라 길 이름을 말하는 그녀에게서 그 길에 대한 자부심과 애정이 느껴졌다. 제주에서 만나 막 부부가 된 힘찬과 희정을 전농로에 있는 카페에서 만났다.

"저희가 '뚜벅이'라 살 곳을 여기로 정했죠. 공항과 터미널이 지척에 있고, 제주에서 교통이 이곳만큼 편리한 곳도 없으니까요. 그리고 또 이 길이 참 좋아요. 특히 벚꽃 필 때, 온몸이 벚꽃으로 뒤덮여 본 경험 있으세요?"

전농로, 생각만으로도 달달한 기운을 내뿜는 길이다.

살아남은 6년 차 1인 기업, 희정

서울에서 희정은 스포츠마케팅 회사에 다녔다. 어릴 적부터 쓰고 그리는 것이 너무나 좋았지만, 그것이 돈을 가져다줄 것 같지는 않아서 꾸역꾸역 회사를 다니며 취미생활로 그림 작업을 쌓아갔다.

회사에서의 주 업무는, '언론 홍보'라 쓰고 '참 다양한 사람들에게 시달리는 일'이라 읽는 일이었다. 그때까지만 해도 제주는 주요 '출장지'였다. 여행 따윈 없었다. 공항에 도착하면 바로 차를 타고 골프장으로 직행했고, 경기 스크립트를 끝내면 접대해야 했고, 접대가 끝나면 곯아떨어졌다. 그렇게 자주 왔어도 제주가 어디인지 서귀포가 어디인지 몰랐다.

일터는 청담동이었고, 사는 곳은 필동에 있는 자취방이었다.

화려한 곳에서 화려한 일을 하다, 집으로 돌아오면 왠지 모를 괴리감이 느껴졌다. 하지만 그 괴리감을 견디고 참는 대가가 '연봉'이라고 생각하며 살았다. 그런데 마음보다 몸이 먼저 못 견디게 되었다.

2013년 서른두 살의 나이에 회사를 그만뒀다. 당연히 이직을 할 것이라고 본인도 생각했다. 그런데 지인들의 "오랫동안 쌓아둔 너의 취미생활로 먹고살 수 있지 않을까?"라는 말에 덜컥, '1인 기업'의 길에 발을 디뎠고, 현재까지 헤어나오지 못하고 있다.

처음엔 캐릭터 명함 같은 걸 만들어주는 작은 사업으로 시작했다. 처음 3~4개월 동안은 '오픈빨'로 지인들이 열정적으로 주문해 정말 바빴단다. 하지만 '지인 거품'이 사그라들고 나니, 명함으론 '턱'도 없었다. 그때부터 할 수 있는 건 다 했다. 그러다 보니 트럭기사의 명함도 파게 되고, 간판도 제작하고, 우연히 한겨레신문의 지면도 받아 연재도 했다. '너굴양'이라는 이름으로 웹툰 작가도 되었다. 전국을 돌아다니는 커피트럭에 그림 그려주는 작업도 하다가 다큐멘터리 영화에도 잠깐 출연했다. 정말 무엇이든 하는 1인 기업이었다.

"들어보면 알겠지만 크게 돈 되는 일은 아니었어요. 정말 굶어 죽지 않을 정도였죠. 당시 저는 우스갯소리로 '스케치북 살

돈 벌러 간다' 했으니까요. 3년만 버텨보자 했는데, 어머, 벌써 6년 차가 되었네요. 저 살아남은 거죠?"

아주 가끔 '월급'이 그리운 감성작가, 힘찬

힘찬도 마케팅 회사에서 근무했다. 기업을 대상으로 홍보나 인터넷 마케팅을 대행해주는 곳이었다. 대학교 졸업 후 첫 회사였고, 그는 이십 대였다. 얼마나 열정적으로 일했을지 말해주지 않아도 짐작이 갔다. 승진도 빨랐고 돈도 잘 벌었는데, 그만큼의 속도로 지쳤다. 특히 사람들을 만나고 영업을 하면서 스트레스가 극에 달했다.

신기하게도 그 역시 그리고 쓰는 일을 취미로 삼고 있었다. 당시 카카오스토리에 '스토리 채널'이 막 생겼을 때였는데, 거기다 개인 페이지를 만들어 짧은 글과 그림을 하루에 하나씩 올렸다. 그의 글은 감성적이고 쉬웠다. 계정을 만든 지 2주도 채 되지 않아 5만 명의 팬이 생겼다. 회사 일을 마치고 하루에 한 편씩 감성글 하나를 올리는 것이 그에게는 인생의 낙이 되었다. 스트레스를 달래는 자신만의 방법이었다.

그때 그에게 출판 제안이 들어왔다. 스물일곱 살 열정 가득한 청년이 도무지 거절할 이유가 없었다. 그는 과감히 회사를 때려치우고, 책 작업에 몰두했다. 첫 번째 책을 내고 나니, 책에 대한 이런저런 제안이 들어왔다. 강의요청도 제법 들어왔다. 강의를 시작하니 곧 두 번째 책도 계약하게 되었다. 뭐든 열정적으로 빠르게 결정하고 시작했다. 그 와중에 카페도 운영했다.

하지만 그만큼 침체기도 빨리 찾아왔다. 카페는 임대한 자리 옆에 프랜차이즈 커피전문점이 생기는 바람에 1년도 채 되지 않아 접어야 했고, 폭발적으로 일한 덕에 몸은 상했으며, 긍정적인 에너지는 쉬 돌아오질 않아서 여러 해 동안 지인의 회사에서 아르바이트를 하는 것 외엔 아무것도 하질 못 했다.

"아무래도 돈이 가장 많았을 땐 회사를 다닐 때잖아요. 가끔 후회스럽죠. 아니, 내가 왜 그렇게 빨리 직장을 때려치웠지? 두 달만 더 일했어도 월급이 얼마야?" (하며 그가 웃었는데, 나는 그 '두 달'이 너무 웃겨서 같이 웃었다. 2년도 아니고, 두 달이라니!)

자기 삶을 스스로 갉아먹는 해가 지나고, 어느 지인이 정보를 알려주어 '잠깐' 제주에 오게 되었다. 그 정보는 보통 고급 정보가 아니었다. 공통점이 참 많지만 당시엔 서로를 1도 알지 못했던 희정과 힘찬을 만나게 하고, 제주에서 '함께' 살게 했으니.

해마다 제주에서는 스타트업을 준비하거나 문화예술 사업을 희망하는 청년들에게 숙소를 지원해주는 프로그램을 진행한다. 제주 창조경제혁신센터의 체류 지원사업에 제안서와 신청서를 내고 합격하면, 한 달 동안 그들이 머물 공간을 지원해주고, 워크숍도 진행하며, 서로 아이디어와 정보를 교환할 수 있는 장을 마련해준다. 그 시간 동안 청년들은 본인들이 낸 제안서를 실행할 수 있다. 자유롭게 다양한 사람도 만나고, 결과물도 창출해낸다.

2017년 7월, 희정과 힘찬은 이 프로젝트에 지원해 제주에서 만났다. 6월에 먼저 내려와 있던 힘찬은 처음 만났을 때부터 희정이 반가웠다. 체류 지원자 합격자들은 거의가 창업 관련자들이었고, 작가로 온 사람은 그 하나였기 때문이었다. "회사 그만두고 작가가 되었다면서요? 저도 그랬는데……." 수줍게 내민 힘찬의 첫 인사에 둘은 급속도로 친해졌다. 그 말 한마디에 자신들이 겪어온 온갖 '생계형 고민'들이 다 들어 있었기 때문이다.

한 달 동안 같은 숙소에서 매일 만나 밥도 먹고 여행도 하며 작업도 했다. "그럼 잘 자" 하며 각자의 방에 들어가기 전까지, 그들은 종일 붙어 있었다. 게다가 프리랜서가 되기 전까지 직장에서 하던 일도 비슷했고, 쓰고 그리는 취미까지 같으니, 도무지 정이 안 들래야 안 들 수 없었다.

힘찬이 먼저 희정에게 호감을 느꼈다. 순전히 '곁에 더 있고 싶은 마음' 뿐이었는데, 프로젝트를 핑계로 어떻게든 희정과 함께할 시간을 계속 만들어냈다. 원래 제주에서 숙소를 제공받을 수 있는 기한도 '한 달'이 전부였는데, 제주에 오고 예전의 열정적 기운을 내림받은 힘찬은 제주혁신센터에 사업 제안을 해 한 달씩, 또 한 달씩 제주의 삶을 연장해갔다.

그때마다 희정의 제주 삶도 연장시켰다. 희정이 서울로 가려고 짐을 쌀 기미라도 보이면, 힘찬은 엄청난 아이디어 공세로 희정을 고민하게 만들었고, 희정은 이상하게도 그의 제안들이 맘에 들었다. 사심으로 시작된 일이지만 일은 재미있었고, 결과물이 나오면 성취감도 컸다.

그러다 EBS의 〈한국기행〉이라는 프로그램 '제주 편'에 섭외가 들어왔다. 일이 잘되려고 하니, 방송국 피디까지 큐피드 역할을 한다. 각자 따로따로 섭외 연락이 왔는데, 가보니 함께 촬영하는 것이었다. 그날 새벽부터 밤늦도록 제주의 곳곳을 다니며 촬영했다. 힘찬의 짝사랑은 이 일을 계기로 끝이 났고, 둘은 연애했다.

제주에서 할 수 있는 연장은 다 했다. 더는 한 달 연장의 삶을 살 수 없을 때, 힘찬과 희정은 다시 서울로 돌아가야 했다. 제주를 떠나기 싫었던 힘찬은 또 열심히 머물 방도를 찾아보았다.

"그때만 해도 제주에서 살 생각은 못 했고, 그저 한 달만 더 머물고 싶었어요. 제주에 머문 석 달 동안 한 달 정도의 식비는 모아놨었고, 숙소와 교통이 문제였죠. '안 되면 어쩔 수 없고'라는 심정으로 제안서를 만들어서 게스트하우스에 보냈어요. 한 달 동안 방을 제공해주면, 우리가 작업하는 여러 콘텐츠에 게스트하우스를 노출시키겠다는 내용이었죠. 렌트카 업체에도 제안서를 보냈어요. 한 달간 차량을 제공해주면, 제주 곳곳의 명소에서 렌트카 로고가 보이게 사진을 찍어 올리겠다고요. 대신 (기름값을 아끼기 위해) 전기차로 부탁한다고요. 그런데 그 두 가지 일이 다 해결된 거예요. 지금 생각해도 꿈 같은 일이었어요."

한 달짜리 신혼여행을 미리 한 기분이었다. 그 한 달 동안은 오로지 제주 여행에만 몰두했다. 새벽에 일어나 밤에 들어왔다. 마지막이라는 생각으로 부지런히 제주 곳곳을 돌아다녔다.

그 마지막으로 한 일 때문에 두 사람은 제주에 완전히 물들어 버렸다.

다시 서울에 왔다. 각자의 자리에서 일도 시작했다. 하지만 석 달이 되기도 전에, 힘찬이 '쌩병'을 앓기 시작했다. 제주앓이였다.

"어느 날 힘찬이 심각한 목소리로 잠깐 만나자고 했어요. 자긴 도저히 안 되겠다고, 제주로 내려가야겠다고 말하더라고요. 본인은 벌써 온갖 시뮬레이션 — 그러니까 제주에 살면서 겪을 수많은 악재에 관해 — 을 다 돌려보고 결론을 내린 상태였어요. 그래서 2018년 3월에 짐 다 싸서 다시 제주로 내려오게 되었어요."

'해야 할 일' 대신 '하고 싶은 일'을 선택하기로 했어요

필사적으로 제주에 오고 싶었던 힘찬과 달리 희정은 제주에 다시 오는 걸 무모한 도전쯤으로 생각했다. 2017년 머물렀던 제주에서의 몇 달은 '여행'이라고 생각했기 때문에 마음껏 누릴 수 있었지만 사는 건 달랐다. 져야 할 책임과 깨뜨려야 할 제주에 대한 환상도 많았다.

희정은 일단 저지르고 나중에 생각하는 기질이고, 힘찬은 수백 가지 경우의 수를 돌려보고 또 돌려보는 기질이라 했다. 특히 최악의 경우를 많이 생각한다. 제주에서의 최악의 경우는 '일이 들어오지 않는 것', '굶는 것', '그래서 다시 서울로 돌아오는 것'. 그것까지 생각하고도 힘찬이 결론을 내렸다니, 희정은 저지르는 방법밖엔 없었다.

제주에 내려오고 몇 달 동안 희정은 지인의 집에 머물고, 힘찬은 근처 월세방을 구해 살았다. 당시 그들이 가진 것은 몇 달 치의 월세뿐이었다.

"여행과 생활은 완전히 다른 길이었어요. 어떻게 하면 정착할 수 있을까에 대한 고민을 계속하니 오히려 힘들더라고요. 그래도 2017년에 내가 먼저 제안하고 움직였더니 성사되는 일들이 많았잖아요. 그게 희망이 되었죠. 저는 오자마자 제주도민으로 주민등록 이전 신고도 하고, 일이 있으면 달라고, 무슨 일이든 하겠다는 각오의 메일을 돌렸어요."

역시나 크지는 않지만, 생계를 이어갈 수 있는 일들이 제법 들어왔다. 하나의 일을 하면, 그와 연결된 다른 하나의 일이 들어오기도 했다. 뭐 큰돈을 벌지 못하는 건 서울에서도 마찬가지 아니었나, 그들은 제주에서 먹고살 수 있음에 만족하고 충

우린 오히려
제주에서
다양한 일들을 한 것 같아요.
서울에서는
내가 할 수 있는 일이
정해져 있고,
그것마저
경쟁해야 하잖아요.

분해했다.

이쯤에서 그들이 한 일을 잠깐 정리해보자. 제주 정착 1년도 채 되지 않은 이들이 얼마나 많은 일을 제주에서 했는지 알면, 오히려 제주가 서울보다 더 다양한 일이 있는 게 아닌가 의심이 들 정도이다.

우선 문화재 활용 사업하는 곳에서 지원 일을 맡았다. 제주시에서 관할하는 축제에서 사진 찍는 일도 했다. 성인이나 초등학교 대상으로 열리는 직업체험 활동에서 비주얼씽킹 관련 강의도 했다. 청소년 캠프에서는 우쿨렐레 보조교사로 활동했다. 우쿨렐레를 평소에 잘 쳤느냐? 그것도 아니다. 제안받고 한 달 동안 열심히 연습했단다. 라디오 방송에 패널로 참가했다. 분교 아이들이 낸 음반의 디자인도 맡았다. 제주어로 된 동화 그림책도 제작했다.

그중에서도 교래분교 아이들과 했던 작업이 가장 기억에 남는단다. 교래분교의 전교생은 16명이다. 교래분교에 근무하는 박순동 선생은 교사이자 제주어를 살리기 위한 운동가이며, 제주도가 낳은 스타 가수이다. 희정과 힘찬이 혁신센터에 있을 때 공연하러 온 그와 무척 친해졌다. 교래분교 아이들과 제주어로 된 노래 음반을 제작하는데, 그리고 쓰는 그들 커플에게 CD 디자인을 의뢰한 것이다. 아이들은 노래를 부르고, 힘찬은 사진을 찍고, 희정은 그림을 그렸다. 아이들과 즐겁게 놀면서 일하니, 일하는 기분이 들지 않았다.

"그러고 보니, 우린 오히려 제주에서 다양한 일들을 한 것 같아요. 서울에서는 내가 할 수 있는 일이 정해져 있고, 그것마저 경쟁해야 하잖아요. 관련해서 쌓은 포트폴리오가 없으면 아예 기회가 주어지지 않고요. 제주에선 사람 대 사람으로 만나서 좀 생소해 보이는 일들도 '한 번 해볼래?' 제안을 받죠. 또 나는 열심히 해서 포트폴리오를 쌓아가고, 그걸로 또 다른 일들을 받는 경우가 많았어요."

나와 힘찬과 희정은, 절대 한 단어로 표현되지 않는 우리의 직업에 대해 즐겁게 이야기를 나누었다. 프리랜서라는 단어가 있긴 하지만, 사실 백수에 가깝다. 장소와 시간에 구애받지 않지만, 돈엔 자유롭지 못하다. '뭐 하는 사람이냐?'라는 물음에 바로 대답하지 못하고 눈알을 천장으로 한 번 굴리게 된다. 내가 뭘 하는 사람인지는, 사실 나도 잘 몰라서 틈만 나면 고민하고 정리하게 된다.

대체로 일이 없을 땐 '백수', 일이 있을 땐 '프리랜서'로 표현되는 우리의 직업은 매달 들어오는 돈도, 업무량도 다르다. 정말이지 도무지 예측할 수 없는 삶은 제주와 닮았다. 불확실성을 즐길 줄 알아야 제주에 살 수 있는 것 아닐까? 당장 서울의 삶과 비교해보아도 그렇다. 연말이 되면, 다음 해 1년 치의 스케줄을 잡는다. 물론 뜻대로 되는 건 거의 없지만, 정해진 일이 있어야 우리는 마음을 놓으며 살아왔다. 하지만 지금 제주에서는 그렇지 않다.

"불안감보다는 '서프라이즈'에 대한 기대를 안고 살고 있어요. 그렇지 않으면 제주의 삶은 힘드니까요. 대신 우린 서울에 있을 때보다 훨씬 더, '하고 싶었던 일'을 하고 있어요. 서울에선 '해야 할 일'이 너무 많았잖아요. 그래서 더 잘하고 싶어져요. 돈과 상관없이."

환원의 가치를 실천하는 사람들

그들은 누군가에게 의뢰받지 않은 일, 하지만 둘이 함께 하는 작업도 진행 중이다. 주로 힘찬이 쓰고 희정이 그린다. 돈 생각 않고 즐거운 일을 하나 만들어놔야 할 것 같아 시작한 일이 〈제주니까, 괜찮을 줄 알았지?〉라는 웹툰으로 탄생했다. 그들이 제주에 와 느낀 희로애락의 경험들을 그린 것이다.

"웹툰으로 그리니, 제주의 불편한 점에도 마음이 너그러워

잠깐 장보러
다녀올게요!
-1시간 걸림-
전국TV에 나올뻔 맛집
부들부들
아...
난 망했어...

지더라고요. 문이 닫힌 음식점도 일단 우리 이야깃거리가 되니까요. 제주는 틈만 나면 문을 닫잖아요. (웃음) 이유도 가지가지예요. '밭에 갑니다', '참치 잡으러 갑니다' ……. 어느 날은 배고픔을 참아가며 식당 앞에 갔는데, '내일 엽니다'라고 쓰인 종이가 붙어 있었어요. 근데 내일이 언젠지 날짜가 안 적혀 있거든요. 예전 같으면 화가 났을 텐데. 오! 이거 웹툰에 그리자 하면서 좋아하죠."

제주에 받은 게 많아서, 어떻게든 자신의 재능으로 제주에 환원할 수 있는 무언가를 생각해본다. 웹툰 말미에 제주어를 하나씩 가르쳐주는 컷을 그리기도 했다. 더 이상 매립할 수 없을 정도로 제주에 쓰레기가 많다는 기사엔 누구보다 마음 아프다. 하다못해 분리수거라도 최선을 다해 일상 속에서 할 수 있는 일들로 제주의 자연을 지키려 노력한다.

2018년 초에 제주로 내려와 2018년 12월 29일에 둘은 결혼했다. 둘 중 하나가 살던 셋방이 신혼집이 되었다. 소박한 살림을 합치기 전에도 둘은 전농로를 자주 산책했다. 벚꽃 축제가 열리는 날은 좌판을 깔고, 둘이 쓰고 그린 엽서를 팔기도 했다. 많이 팔리진 않았지만, 그날의 수익으로 장을 보고 일주일 정도는 집밥을 해먹을 수 있었단다.

살림을 합친 지금은, 산책의 범위와 깊이가 더 커졌다. 음식물 쓰레기를 버리러 함께 가다가 내친 김에 바다가 보이는 탑동까지 걸어가며 이야기를 나눈다. 쓰레기 하나 버리는 일도 여유롭고 행복할 수 있는 곳은 제주밖에 없는 것 같다. 시간에 쫓기며 역할 분담을 가루가 되도록 나누고 또 나누는 맞벌이 부부에게 음식물 쓰레기는, 책임을 다하지 않은 누군가의 '잘못'이 되어 짜증만 가져다주었을 것이다.

둘 다 이야기하는 걸 워낙 좋아했던 터라, 하나의 주제가 나오면 꼬리에 꼬리를 물고 대화는 계속 이어졌다. 마지막으로 했던 대화의 주제는 아무래도 제주의 자연이었다. 월정리가 어떻게 바뀌었는지, 또 어느 예쁜 마을에 무지막지한 건물이 들어섰다는 이야기부터, 제주 시내와 가장 먼 마을들은 지켜졌으면 좋겠다는 바람까지…….

누군가 하나 "화장실 좀 다녀오겠다" 하지 않았으면, 이렇게 밤을 샐 수도 있겠다 싶었다.

/

올해 초에 만났으니, 인터뷰한 지도 벌써 반 년이 흘렀다. 그 사이에 희정과 힘찬 사이에는 주니어가 생겼다. 그리 적지 않은 나이에, 아무런 연고도 없는 제주에서 임신부의 길을 걷고 있는 희정과는 여러 공감대가 생겨서 종종 출산에 대한 조언과 응원을 나누는 사이가 되었다.

임신을 하고 입덧으로 고생하는 중에도 희정과 힘찬은 함께 '곶자왈 매거진' 프로젝트를 진행 중이다. 처음 해보는 일이고, 낯선 사람을 만나 인터뷰해야 하는 일이라 스트레스도 많았단다. 서로 예민해져 부부싸움도 했는데, 씩씩거리다가도 곶자왈 숲을 걷고 있으면 태교여행 온 것 같아 금세 헤헤거리게 된다며 웃었다. 임신도, 곶자왈 기획도 다 둘의 인생에 처음 겪는 일이다. 그 새로운 일 앞에서 얼마나 설레고 두려울지, 나는 잘 안다.

두 사람은 출산을 앞두고 깊은 고민 끝에 다시 서울로 가게 되었다. 도와줄 사람 하나 없는 곳에서 출산과 산후조리와 육아는 아무래도 어려울 것이다. 그들이 제주로 돌아오게 될지, 그러지 못할지는 알 수 없다. 제주에서 살던 모습 그대로 다른 곳에서도 여전히 모험을 즐기며 고군분투하며 살 거란 확신만 있을 뿐. 그저 지금은 새 생명이 순탄하게 태어나고 자라기만을 기도하고 응원할 뿐이다.

5

소다미 · 킴키 · 토끼

웹디자이너, 카지노 딜러 등 각자 다른 곳에서 다른 일을 하며 서로 모르고 살았던 세 여자. 월급살이가 아닌, 꿈꾸는 삶을 살기 위해 제각각 고군분투하다가 제주에서 의기투합, 함께 잼을 만들며 산다. 그들에게는 협업과 연대가 행복의 원동력이다.

버티는 삶이 아니라, 누리는 삶을 살아요

냠냠제주, 공동 대표

소다미 ◦ 킴키 ◦ 토끼

가끔 육지에 올라갈 일이 생긴다. 아이가 태어나고부터는 육지행도 그리 쉬운 일이 아니지만, 1년에 두세 번 정도는 육지에서 할 일도 챙기고, 두고 온 그리운 사람들도 만난다.

그때마다 나는 '제주인'으로서 지인들에게 특별한 선물, 육지에는 없는 선물을 하고 싶어 고민한다. 그렇게 찾은 선물 중 하나가 '마말랭'이었다. 마말랭은 양파, 단호박, 당근, 감귤, 땡귤 등 제주에서 나는 농산물로 만든 수제잼이다. 마멀레이드를 귀엽게 표현한 이 단어는 '냥냥제주'라는 작은 잼 가게에서 직접 만든 이름이다. 나도 몇 해 전 여행 온 지인으로부터 선물을 받았는데, 제주 농산물로 만든 독특한 수제잼 맛에 완전히 반해버리고 말았다.

육지행을 앞둔 어느 날 나는 온라인으로 주문해도 될 것을, 일부러 신촌리에 있는 냥냥제주의 작은 판매점을 찾아갔다. 단발머리에 귀엽게 생긴 여자분 혼자 가게를 지키고 있었는데 (이후에 그분이 소다미이고, 냥냥제주의 리더이며, 나보다도 나이가 많은 걸 알고 깜짝 놀랐다), 선물을 포장하며 이런저런 이야길 나누다가, 이 작은 매장을 여자 셋이 운영하고 있다는 말에 흥미를 느꼈다. 게다가 그들은 전주와 제주, 부산이라는 각기 다른 연고를 가지고 있었다.

'어떻게 만난 사이일까? 고등학교 동창인가?'

여러 가지 궁금한 점을 뒤로하고, 작은 가게를 빠져 나왔다. 그리고 이번에 인터뷰를 계기로 냥냥제주 식구들과 다시 만나 궁금증을 풀 수 있었다.

학교 동창도 아닌 여자 셋은, 15년 전쯤 제주 DSLR 사진 동호회에서 만나 연을 이어왔다. 인터넷 동호회원들답게 서로의 이름도 닉네임으로 불렀다. 소다미, 킴키, 토끼. 나이도 다 달랐다. 첫째와 막내의 나이 차는 여섯 살. 하지만 그녀들 사이엔 '언니'를 비롯한 존칭어들은 존재하지 않는다. 오로지 소다미, 킴키,

제주도 농산물
마멀레이드
공장
OPEN

토끼로 불리는, 15년 지기이자 냥냥제주의 공동대표들이다.

소다미, 서울을 벗어나기 위해 서울을 이용했어요

맏언니이자 전주 여자 소다미는 2005년에 제주행을 감행했다. 그전까진 서울에서 웹디자이너와 홍보 마케팅 일을 해왔다. 바쁜 생활로 내가 없어지는 삶이 싫어서 말 그대로 서울의 삶을 '때려치워' 버리고 무작정 제주로 내려온 것이다. 집을 구할 때도 제주에 대한 지리 감각이 전혀 없던 터라, 개연성도 의미도 없이 모슬포와 화북 두 지역을 두고 '손가락 찍기'를 해서 정했다.

워낙 소심하고 낯가리는 성격이라, 동호회 정모를 나가는 것도 꽤나 고심했다. 마침 DSLR 사진 동호회 두 곳이, 약간의 시차를 두고 같은 장소에서 모이는 걸 알게 되었다. 그래서 그녀는 그 장소를 배회하며 첫 번째 정모를 숨어서 지켜보다가, 두 번째 정모에 용기를 내어 참석했다. 거기서 지금의 동료인 킴키와 토끼를 만나게 된 것이다.

"제가 만약 첫 번째 모임에 용기를 내어 나갔다면, 운명이 또 완전히 바뀌었겠죠? 토끼와 킴키도 만났고, 지금 같이 사는 남자친구도 만났어요. 제주 정착에 이 동호회에서 만난 인연들이 가장 큰 도움을 주었죠. 제주는 텃세나 '괸당' 문화가 심하다는데, 저는 그런 게 도대체 뭔가 싶을 정도로 모두 내게 따뜻했어요."

하지만 그녀의 첫 번째 제주 정착기는 실패로 돌아갔다. 아니, 실패가 아니라 더 큰 도약을 위한 준비 기간이라고 해두자. 배운 게 도둑질이라고, 제주에 내려와 원래 하던 웹디자인 관련 회사에 취직했지만 월급이 터무니없이 적었고, 성취감도 찾기 힘들었다. 있는 돈을 끌어 모아 옷가게도 열었다가 망했다. 그러나 그녀는 제주에서 오래오래 살고 싶었다.

다시 서울로 올라가 3년 동안 열심히 일했다. 사실상 그녀가 돈을 가장 많이 벌 수 있는 곳은 서울이었다. 하지만 그녀는 서울에 몸담지 않기 위해 서울을 이용했다. 제주에서 먹고살기 위해 공부도 했다. 매일 경매 사이트를 비롯한 부동산 사이트도 뒤졌다. 오랫동안 뿌리내릴 수 있는 곳이면 어디든 상관없었다. 그래서 그녀는 서울에서 열심히 모은 돈으로 제주의 중산간, 마을도 아닌, 손바닥만 한, 심지어 '축사'였던 공간을 하나 얻는 데 성공했다.

서울에서 일하는 동안 열심히 그녀를 기다리며 대신 발품을 팔아준 애인이 심지어 '목수'이기까지 해, 축사였던 터에 직접 작은 집을 짓고 함께 살고 있다.

킴키, 당근값 폭락을 기회로 만들었어요

제주 토박이 여자 킴키는 고등학교 때 대정읍에서 제주시로 유학을 왔다. 우여곡절을 겪으며 겨우 정착을 하면, 2년 뒤쯤 고등학생이 된 동생이 또 제주시로 유학을 와 함께 살았다. 제주 외곽 지역에 사는, 공부 좀 한다는 토박이들은 대부분 그렇게 제주시로 이주를 한다. 제주는 작지만, 크고 또 크다.

나도 이제 제주에서 4년쯤 살아서 그런지, 그녀의 이야기에 고개를 끄덕였다. 서울에서 직장 다닐 때, 출퇴근 시간으로 한두 시간쯤 소비하는 건 일도 아니다. 하지만 제주에서 한두 시간이 걸리는 거리는, 매일 다닐 수 있는 거리가 아니라고 생각한다. 그래서 서귀포에서 제주로 건너오거나, 심지어 구제주에서 신제주로 건너오는 일도 '굉장히 어려운 일'이다. 나도 이제 제주 사람이 되어서, 서귀포 갈 일이 생기면 크게 한숨을 먼저 쉬게 되었다. 이런 논리로 보면 그녀는 제주 토박이면서 이주민이었다. 그녀의 친정은 제주에 있는 '대정'이지만, 육지에 있는 '대전'처럼 멀고 멀었다.

그러다 제주를 무척이나 동경하는 여자 소다미를 만났다. 그녀는 소다미가 신기하고 좋았던 모양이다. 그녀에겐 그냥 일상이었던 바다를, 산을, 오름을 좋아하고 감탄하는 소다미가 신기했고, 그녀가 하는 일이었던 웹디자인도 너무나 신비롭게 느껴졌다. 그래서 덩달아 당시엔 신세계였던 웹디자인 공부를 했고, 원래 하던 일을 버리고 소다미가 일하던 회사에 같이 취직도 했다.

소다미가 다시 서울로 돌아가 일을 할 동안, 그녀는 결혼을 하고 아이를 낳았다. 그녀는 두 아이의 엄마이면서도 '킴키' 자신으로도 살아가고 싶었다. 소다미에게 빨리 제주로 건너오라고 닦달을 했다. 그녀에겐 소다미라는 존재가 새로운 일을 시도하는 데 필요한 원동력이었고, 용기 그 자체였던 것 같다. 소다미가 무궁무진한 아이디어를 내면, 그녀는 긍정적인 에너지를 주며 그 일을 실행하는 사람이었다.

두 사람의 수많은 아이디어의 실행과 실패의 연속 중에 탄생한 것이 바로 '당근잼'이다. 당시 제주 당근값이 폭락했는데, 길에 버려지고 차고 넘치던 아까운 농산물로 뭘 할 수 있을까, 고민하다 잼을 만든 것이다.

주변 사람들에게 나눠주니, 저마다 "맛있다", "팔아봐", "돈 주고 살게"라는 말을 했다. 소다미는 부끄러웠고, 조금 덜 부끄러운 킴키가 용기를 냈다. 한두 병만 팔자는 마음으로 아이를 맡기고, 혼자 장에 나갔다.

"그런데 정말 판 거예요, 제가. 10만 원어치나 팔아온 거예요. 그것이 냠냠제주 마말랭의 시작이 되었어요."

토끼, 재밌는 일을 위해 12년 다닌 회사를 그만뒀어요

냠냠제주의 막내인 토끼는 부산 여자다. 열아홉에 제주에 내려와 여태껏 살고 있으니, 부산과 제주에서 산 시기가 제법 비등비등해졌다. 그 어려운 제주 사투리도 자유자재로 구사해 제주 토박이 어르신들도 깜박 속아 넘어간단다.

'나 카지노학과 가고 싶어'라는 고등학교 때의 바람이 그녀를 제주로 오게 만들었다. 제주에 있는 대학에서 카지노학을 전공했고, 졸업 후엔 카지노에서 일했다. 딜러로 시작해 관리자까지, 카지노에서 일한 기간은 12년을 훌쩍 넘겼다.

그러다 친하게 지내는 소다미와 킴키가 잼을 만들어 장에 나간다는 소식을 듣고, 응원차 커피를 사 들고 벨롱장에 갔다. 그런데 잼만 진열해놓고 고개를 푹 숙인 채 개미만 한 목소리로 호객을 하는 볼 빨간 두 여자를 보니 답답했다. 카지노에서 고객을 상대하던 경력으로, 크고 허스키한 목소리로 호객을 시작했다. 그날 토끼의 장사 수완은 너무나 좋았다. 벨롱장에서 냠냠제주를 구원한 목소리였다.

"지금도 매장을 소다미가 지키는 날, 킴키가 지키는 날, 토끼가 지키는 날 매출이 다 달라요. 토끼가 판매를 하면, 잼 세 병 사러 온 사람이 여섯 병을 사가고."

실제로 인터뷰를 하는 날도, 두 병 생각한 사람이 토끼에게 붙잡혀 네 병을 사갔다. 신혼여행차 온 부부가 그냥 여기서 지인들에게 줄 선물 다 사자며, 판매대에 있는 잼을 쓸어갔다. 수학여행 온 고등학생들도 토끼와 왁자지껄 떠들며 잼을 구입하고 사진까지 찍고 갔다.

그녀는 이후로 카지노 쉬는 날과 두 여자가 장에 가는 날이 맞물리면 즐겁게 그녀들을 도우러 갔다. 1년 뒤 그녀는 12년을 일한 회사를 그만두고, 냠냠제주의 공동대표가 되었다.

느리게 한 발짝씩 나아가는 행복

신촌리 바다 근처에 아주 작은 공간을 임대했다. 7평이지만 분리된 공간도 있어 나름 잼 공장도 차렸다. 공장이라 해봤자 가스레인지와 큰 솥, 그리고 신선한 재료를 넣어두는 냉장고가 전부. 세 사람은 매일 아침 그곳에서 잼을 만든다.

처음 6개월 동안은 아무도 월급을 받지 못했다. 잼을 판 수익은 고스란히 가게 운영에 들어갔다. 그래도 가게가 운영되니 손해는 아니라고 생각했다. 6개월이 좀 지나자, 두 아이가 있는 킴키에겐 소량이지만 월급을 줄 수 있었고, 2년이 지나고부터는 세 명 다 조금씩 월급을 받고 있다 했다(물론 월급을 주

LOVE
JEJU
YUMYUM
JEJU
미말랭
& MARMALANG

고 나면 회사에 잔고는 없다고).

그렇게 없는 살림에 사기도 당할 뻔했다. 필리핀 어느 지역에서 큰 행사가 있는데, 마말랭 2천 병이 급하게 필요하다고 했다. 금액을 입금한 증서도 보내주었다. 하지만 해외에서 입금하면 국내에서 받을 때 시차가 있다는 걸 미처 숙지하지 못해, 그만 그 증서를 믿어버리고 말았다.

일주일 동안 아주 아주 바쁘게 흘러갔다. 그 작은 공간에 마말랭 병이 높게 쌓이기 시작했고, 이웃 주민, 자녀들까지 불러 라벨을 붙였다. '수출'이라는 새로운 기회가 냠냠제주 여자들의 열정을 과도하게 불러일으킨 것이다. 잼을 천팔백 병까지 만들었을 때, 그것이 '사기행각'이었음을 알게 되었단다.

지나고 보니, 오히려 세 여자에게 약이 되는 일이었다. 지금은 그 일을 예방주사처럼 생각하고 있다. 어찌 됐든 금전적인 손해는 없었고, 앞으로 더 꼼꼼하게 검증할 수 있게 되었으니까. 그런 식으로, 뭔가 크게 도약할 기회를 잡은 것 같다가도, 다시 제자리로 되돌아가고……. 안 될 것 같다가도 작고 기쁜 일이 생겨서 웃으며 일하는 시간들이 많아졌고, 그러면서 세 여자는 더 돈독해졌다.

"어떤 느낌이냐면요. 바다에서 한라산까지 기어가는 느낌이에요. 우리에겐 '일사천리' 같은 게 존재하지 않아요. 겨우겨우

한 발짝씩 가는데, 근데 그게 너무 좋은 거예요. 그래도 앞으로 나아가고 있는 거잖아요. 달팽이처럼 성장하고 있어서, 즐겁게 기어가고 있어요."

협업을 통해 버티는 삶에서 누리는 삶으로

대화가 무르익었을 때, 나는 토끼에게 물었다. 10여 년이나 근무한 카지노를 포기할 만큼, 두 사람과 잼 만드는 일이 매력 있냐고. 포기할 수 없는 부분을 채워주는 게 있냐고.

자유로운 영혼의 그녀는 십수 년을 '3교대 근무'에 발목 잡혀 살았다. 시간도 시간이지만 건강을 챙길 수 없는 삶이었다. 고객을 상대할 때 어떻게 해야 하는지 늘 교육받았는데, 생각해보면 내가 열심히 하면 회사만 좋아졌다. 회사가 아니라 내가 좋고, 버티는 삶이 아니라 누리는 삶이어야 하는데 그러지 못했다.

세 여인의 가게는 열 시에 문을 열고, 다섯 시에 문을 닫는다. 그 외의 시간은 간섭받지 않는다. 휴가를 붙여 여행을 할 때 카지노에선 눈치도 받고 훈계도 들었는데, 이곳에선 그러지 않는다.

내가 열심히 하면, 회사만 좋아졌다.
회사가 아니라 내가 좋고,
버티는 삶이 아니라 누리는 삶이어야 하는데
그러지 못했다.

“가끔 손님들이 ‘냠냠제주 왜 다섯 시에 문 닫아요? 일곱 시까지 열어주면 안 돼요?’ 하고 물어올 때가 있어요. 저는 말하죠. ‘흑흑 안 돼요. 일곱 시에 문 닫으면, 오름에 올라가서 일몰을 볼 수 없어요. 여름엔 스노클링을 할 수 없어요. 밤까지 계속 일하면 잼 공장에 갇힌 괴물이 될 수밖에 없어요.’”

옆에 있던 킴키도 거든다.

“저는 제주 밖을 벗어난 적이 거의 없었어요. 아이 낳고서는 더더욱 그랬죠. 그런데 1년에 한두 번씩 냠냠제주 문 닫고 워크숍을 빙자한 여행을 가게 되면서 ‘이 좋은 걸 왜 안했나’ 후회까지 하기에 이르렀어요. 전엔 생각지도 못 한 일이었는데, 요즘은 애 맡기고 나갈 날만 기다려요. 생각해보면 이 두 여자와 함께하면서, ‘킴키’라는 나 자신으로 사는 법도 배운 것 같아요.”

이토록 작은 가게가 온 직장인이 꿈꾸는 복지를 실현해내고 있었다. 사실 이 세 사람은 발 딛고 서 있는 현실과 처한 상황도 달랐다. 비혼인 여자, 결혼제도 속으로 들어온 여자, 제도에 묶이지 않고 사랑하는 이와 함께 사는 여자. 아이가 아픈 것, 혹은 여행을 하는 것, 혹은 수많은 일들의 중요함은 각자마다

다 다르게 느껴질 것이다. 그럼에도 그들은 서로를 인정하고 받아들였다.

"저흰 상사와 부하 관계가 아니에요. 직장동료인 동시에 공동 대표예요. 그리고 저는 그중에 리더 역할을 맡고 있을 뿐이에요. 걸그룹에도 리더 있잖아요. 리더 역할을 하다 보면 또, 나도 모르게 물들어 있던 사회 제도들을 깨닫게 되죠. 그럴 때마다 가장 중요한 건 '각자의 삶'이란 걸 스스로에게 상기시켜요."

세 여자가 이끌어가는 냠냠제주에 또 다른, 혁혁한 공을 세우는 이들이 있다.

이른바 '냠냠 어벤져스'.

시 공무원인 동생의 친구와 면세점 다니는 고등학교 후배는 휴일이면 여전히 부끄러워 호객행위를 못하는 그녀들의 플리마켓을 돕는다. 생태관광공사 다니는 동호회 지인은 킴키의 아이를 봐준다. 소다미의 남자친구는 가게의 인테리어와 각종 소일거리, 그리고 잔소리를 맡았다. 세무서 사무장인 킴키의 남편은 세금 관련 업무를 도와준다.

아, 물론 공짜는 아니다. 비용을 지불하거나 해외 워크숍에 모시고 가기도 한다. 대가를 받아도 억지로 하는 일이 세상에 얼마나 많던가. 내 일처럼 즐겁게 품앗이하는 사람들은 이 세 사람에게 가장 큰 재산이었다.

"아, 물론 우리 남편은 너무 꼼꼼하게 간섭해서 탈이죠. 국세청 직원인 줄 알았다니까요. 벨롱장 수익은 대체 어디로 갔냐고 꼬치꼬치 묻기도 하고."

킴키의 말에 다들 박장대소하자, 소다미도 남자친구가 '냥냥 제주 소사(관공서나 학교에서 잔심부름 하는 사람, 제주도에선 아직 쓰이는 말)'라 불릴 정도라면서, 가게 곳곳에 묻어 있는 그의 손길을 자랑 아닌 말로 자랑했다. 그러자 옆에 있는 허스키한 토끼의 목소리가 끼어든다.

"나도 남자친구가…… 이렇게 시작되는 말 하고 싶다. 얼마 전 출장을 다녀왔는데, 나 빼고 모두 남친이나 가족이 공항으로 마중 나온 거 있죠. 나만 혼자 집으로 갔다니까. 엉엉."

토끼가 우는 시늉을 했다. 하지만 나머지 두 여자는 그런 토끼의 매력에 빠진 이들이 한두 명이 아니었다고 손사래를 쳤다. 얽매이지 않고 사는 가치관이 언제나 외로움보다 앞서 있기 때문에, 토끼는 외로움을 잘 견디는 것 같다.

이렇게 서로의 신세를 가감 없이 말하고 웃고 위로하는 시간은 언제나 옳다. 어떤 '공감대'가 없어서, 비혼은 비혼끼리, 육아를 하는 사람들은 그 사람끼리 모이는 일들이 점점 늘어간다. 공감대로 만났지만, 그 공감의 소재에만 너무 골몰하고 몰두하면, 서로 다른 상황에 놓인 사람들 사이엔 자꾸 벽이 쌓인다. 이 세 사람으로 묶인 공동체를 보니, 끼리끼리 만나지 않고도 함께 살 수 있겠구나, 하는 생각이 들었다.

꿈꿀 수 있다면 문은 언제나 열려 있어요

소다미는 제주 인생 10년 차가 되었다. 사실상 냠냠제주 식구들은 나의 인터뷰이 중에 가장 장수한 제주 이주민들이고, 그만큼 제주에서 가장 안정적으로 뿌리내렸다고 볼 수 있다. 폭락한 제주 당근을 포함해, 제주 농산물을 가지고 유니크한 제품을 만들었으니 제주시에서도 이 여인들을 예뻐하지 않을 수 없다. 제주시에서 열었던 '레시피콘서트', '농촌자원활용 경진대회' 같은 농산물 자원활용대회에서 상도 받았다.

얼마 전에는 충남 서천시와 연결이 되어 서천의 특산물인 '생강'을 가지고 잼 만드는 일을 도모하고 있단다. 이렇게 '제주'가 주체가 되면서, 다른 지역과 협업하는 일들이 많아지길 꿈꾸고 있다고도 했다.

SNS를 통해 찾아오는 관광객들이 대부분의 고객이지만, 요즘은 제주도민들도 왕왕 찾아온다. 그럴 때가 가장 기분이 좋다고 했다. 이주민이 아니라 제주인으로서 당당하게 받아들여지는 느낌이 들기 때문이다.

10년 이상을 제주에서 산 그녀들도 제주가 지겨워질까?

"최근에 스노클링을 하게 되었어요. 바다를 보는 건 좋아하지만, 들어가는 건 몹시 무서웠거든요. 그런데 너무 재미있는 거예요. 제주에 10년을 살았는데도 이제 막 알아가는 기쁨이 있어서, 앞으로도 지겹기는 힘들 것 같아요. 하하."

조금 걸으면, 그 어느 외국에서도 보기 힘든 색깔을 지닌 바다가 있다. 반대로 걸으면 오름에 올라갈 수 있다. 제주의 계절마다, 아니 날마다 달라지는 다채로운 하늘을 볼 수 있다. 죽어가는 감각을 살려주는 풍경들을 보며 소다미는 매일 영화 속에서 사는 기분이 든다고 했다. 지하철과 미세먼지 속에서 출근하던 자신을 제주가 구원했다고 말했다.

"월급살이가 아닌, 꿈꾸던 삶을 살게 해준 곳이에요. 제주는."

월급살이가 아닌,
꿈꾸던 삶을 살게 해준 곳이에요.

제주는.

/

작은 공간에서 인터뷰를 하는 동안 자유롭게 — 손님이 오면 마말랭 판매를 하면서 — 윗집 어르신이 키워 딴 귤을 까먹으며, 우엉차를 마셨다. 집으로 돌아갈 때는 이웃이 준 작은 알배추 하나를 받아 왔다. (저녁에 알배추를 씻어 쌈장에 찍어 먹었는데, 내 인생에서 맛본 배추 중 가장 맛있었다.)

긴 대화를 마치고 돌아오는 동안 '나에겐 그런 이가 있나' 생각해보았다. 먹은 나이와 상관없이, 삶의 모든 부분을 나눌 수 있는 '친구'인 동시에 긴장 관계를 유지하며 맡은 바에 최선을 다하는 '동료'일 수 있는. 자유로이 혼자 사는 그녀와, 결혼제도에 묶이지 않고 연인과 사는 그녀와, 남편과 두 아이와 함께 사는 그녀가 그야말로 '환상의 조합'으로 일하고 있었고, 살아가고 있었다.

6

전로사

라디오 구성작가로, 회사원으로, 대학원을 다니며 아르바이트까지 참 열심히 살았다. 하지만 도무지 나답지도, 행복하지도 않았다. 한편으론 따박따박 월급도 포기할 수 없었다. 결국 안정을 추구하며 나답게 사는 법을 제주에서 찾아내 하루하루 열정적으로 살아가고 있다.

따박따박 월급을 받으며 나답게 사는 법

꼬박 10년 동안 나는 월급 받는 인생을 살았다. 10년이란 시간은 사실 딱히 길지도 짧지도 않은 기간이다. 누군가에겐 애송이의 시간으로밖에 보이지 않을 테고, 또 다른 누군가에게는 '월급 받는 10년'이 간절한 소망일 수도 있다.

10년 동안 매일 아침 눈 뜨면서부터 조급하게 뛰어 지하철을 타고, 지각할까 봐 달리고 또 달리고, 야근을 하는, 지리멸렬하게 쳇바퀴 도는 삶. 지긋지긋하다고 푸념을 하면서도, 월급

날이 되면 함께 출근한 이들과 안도한다. 카드 값을 다시 메울 수 있다는 것만으로도 큰 위로가 된다. 금쪽같은 우리의 한 달 분 시간을 담보 잡혀 월급을 받지만, 사실 월급이 주는 안정감은 다른 어떤 것으로도 대체할 수 없다. 지출만 있을 뿐 수입란은 비어 있는, 내내 줄기만 하는 잔고가 기록된 통장을 정리할 때마다 나는 월급을 그리워했다.

제주로 이주하는 사람들은 대부분 월급 받는 인생을 졸업했을 것이다. 그 쳇바퀴가 싫어 제주로 왔을 테니까. 나의 인터뷰이들도 그렇다. 월급이라는 안정감을 버리고 대신 제주의 삶을 얻은 이들은 주로 하고 싶은 일을 하며, 그것으로 수익을 얻기 위해 고군분투한다. 다달이 들어오는 돈의 액수는 아마도 들쭉날쭉할 것이다. 세금을 떼고 매월 같은 날 '따박따박' 들어오는 월급과는 차원이 다르다. 그 탓에 다음 달에 대한 불안감을 안고 산다. 어쩔 수 없다. 인어공주가 왕자를 얻기 위해 버린 목소리와도 같은 것이다, 월급은.

그렇다면, 혹시 그 '따박따박'을 버리지 않고 제주에 살러 온 사람도 있을까 궁금했다. '나인 투 식스'를 하면서도 제주를 누리는 사람이 있을까? 안정감을 포기하지 않고 자신의 인생을 살고 있는 이가 있을까?

전로사, 그녀가 있었다. 대체로 안정을 추구하는 사람들은 다니는 회사에 사표를 쉽게 내던지지 않는다. 사표를 던지지 않으니 이주를 하거나 이사할 일도 생기지 않는다. 하지만 그녀는 제주에서 살기 위해 이력서를 냈고, 새로운 공간에서 일을 시작했다. 그렇게 제주에서 '따박따박' 월급을 받으며 산 지도 어느새 7년이 되었다. 안정적이지만 모험도 즐길 줄 아는 이였다.

내게 남편과 아들이 없고, 또 제주를 꿈꿨다면, 난 꼭 그녀처럼 살고 있을 것이 분명했다. 나와 닮은 그녀가 궁금해졌다. 제주에서 월급 받는 7년 차는 어떤 생각을 가지고 있을까? 월급을 버리고 내려온 이주민들과는 어떻게 다를까?

떠나서도 안정적으로 살 수 있는 방법이 없을까?

국문학을 전공한 그녀는 대학교를 졸업하자마자 라디오 구성작가로 일했다. 이십 대 후반까지 여러 방송국을 돌아다니며 참 열심히도 일했다. 프리랜서의 불안정한 삶에 위기의식을 느껴 대학원에 들어가 한국어교육학을 공부했다. 그리고 공무원은 아니지만 도청에서 소셜네트워크 관련 일을 하는, 번듯해 보이는 직장도 얻었다. 나이 서른에 회사를 다니며, 석사과정을 밟고, 학비를 벌어야 했기에 주말엔 아르바이트도 했다. 그때 가장 열심히 일했고, 바빴으며, 힘겨웠다.

바쁜 일상과 힘든 관계 탓에 훌쩍 떠난 곳이 제주였다. 중학

생 때 수학여행으로 와보고 처음이니, 15년 만이었다. 한적한 곳에서 홀로 올레길을 걸으니 살 것 같았다. 제주에서 살았으면 좋겠다는 생각도 슬쩍 들었다. 버스를 놓쳐도, 길을 잃어도, 그땐 그것이 여행의 묘미이고, 제주가 주는 뜻밖의 선물이라는 생각이 들어 즐거웠다.

여행 중에 제주 전경이 훤히 보이는 언덕에 오르게 되었다. 매일 산더미 같은 일과 관계해야 할 사람에 허덕이다 어느 순간 혼자 서 있는데 그렇게 마음이 편할 수가 없었단다. 지금 눈앞에 보이는 이 아름다운 자연이 그냥 내 것이었으니 말이다. 많은 것을 가지고 있음에도 늘 공허했던 마음이 충만하게 채워지는 기분이 들었다. 그때 아마도 그녀의 마음은 이미 결정했는지도 모르겠다. 이곳에서 살아야겠다고.

그러다 서귀포 가시리에서 두 시간에 한 번씩 오는 버스를 놓쳐버렸다. 혹시나 표선으로 나가면 버스가 있으려나 싶어 무작정 걸었다. 걷고 걷고 걷다 보니, 트럭 한 대가 섰다. 달리 방법이 없어서 차를 얻어 타고 트럭 기사 아저씨와 두런두런 이야기를 나눴다. 일면식도 없는 제주도민 아저씨에게 자신의 마음에 이는 한 마디를 던졌다. "제주에서 한 번 살아보고 싶어요."

"뭐, 돈만 벌 수 있다면 제주는 한 번쯤 살기 좋은 곳이죠." 트럭 기사가 로시에게 맞장구를 쳐주었다. '돈 벌 일만 있으면, 제주에서 살 수 있다!' 그 한 마디가 그녀를 제주로 이끌었다. 다시 육지로 건너온 그녀는 그때부터 제주에서 할 일을 찾기 시작했다.

"처음엔 제가 할 수 있는 일이 없을 것 같았어요. 뭔가 기대를 안고 찾아본 건 아니었는데……, 찾아보니 할 만한 일이 보이기 시작했어요. 그래서 조금 더 구체적으로, 본격적으로 일자리를 찾기 시작했더니 이력서를 낼 만한 곳이 있더라고요."

많은 사람들이 제주에 올 때 무작정 오는 경우가 많다. 출장 및 발령이 아닌 이상, 제주는 쉼을 주는 공간이기 때문에 제주에서 한두 달 쉬면서 일거리를 찾겠다는 마음이 크다. 하지만 그녀는 달랐다. 제주로 가기 위한 빌미가 있어야 했고, 그 빌미는 '일자리'였다. 처음엔 일자리에 대한 원대한 꿈도 키웠다.

: 현재 벌이보다 더 많은 연봉
: 주 5일 근무
: 칼퇴근
: 경력을 살리고 즐겁게 할 수 있는 일

하지만 첫 번째 꿈부터 산산조각이 났다.

"서울에서 받는 연봉은 제주에선 아예 기대도 할 수 없더라고요. 급여는 내가 서울에서 받는 것에 절반 수준이라고 해도 과언이 아니에요. 월급만 생각한다면⋯⋯ 사실 수도권 지역을 벗어나 일자리를 구하는 것 자체가 말이 안 되죠. 하지만 월급의 액수를 제외하면, 얼추 제가 제주에서 일자리를 구할 때 정해놓은 기준에 맞아 들어갔어요."

제주에서 첫 번째로 구한 일자리는 국가에서 지원하는 사업을 하는 곳이었다. 주 4일 근무이고, 다문화가정의 아이들에게 한국어를 가르치는 일. 월급이 절반 정도 준 것 외에는 만족스러웠다. 하지만 어릴 적부터 종교생활(그녀는 가톨릭 신자이다)을 하며 사람들과 함께 어울리는 일을 즐겨 했고, '가족'이 언제나 마음속 1등이었던 그녀가 홀로 아무런 연고도 없는 제주에 살러 가는 것. 막상 이력서를 내고 제주행 비행기 티켓을 끊어 면접을 보고 최종 합격한 날, 두려움은 커졌다.

"집에서 분명 반대할 게 빤했거든요. 여러 번 제주로 가서 독립해보겠단 의견을 부모님께 내비쳐 보았지만, 턱도 없다는 표정을 지으셨어요. 나중에 최종합격 통보를 받고서야 부모님께 말씀을 드렸어요. 그렇게 해야 나도 더는 망설이지 않을 수 있었거든요. 죽이 되든 밥이 되든, 기를 쓰고 한 계절을 두 번씩 — 그러니까 딱 2년만 — 제주에서 살아보자, 마음먹고 내려갔어요.

그런 제가 7년째 이곳에서 살고 있네요. (웃음)"

그렇게 최종합격 통지를 받고, 부모님께 이실직고하고, 다니던 회사를 그만두고, 부랴부랴 출퇴근을 하며 제주에 적응해갔다. 남들처럼 바다 앞 돌집을 구해 마당에 꽃을 심으며 살거나, 한라산이 훤히 보이는 농가주택에서 강아지를 끌어안고 사는 낭만 따윈 없었다.

회사에서 가장 가까운 제주 시내 한복판에 연세로 원룸을 구해 출퇴근했다. 바다도 산도 보이지 않는, 제주에서 가장 복잡하고 바쁜 곳이었다. 밖으로 나가면 여느 도시와 다름없는 높은 빌딩이 우뚝 서 있다. 그곳에서 낡은 중고차 한 대를 구입해 다문화가정 아이의 집이나 아이가 다니는 어린이집을 방문하며 일했다.

제주의 뷰 대신 '주 4일 근무'를 선택하다

그래도 주 4일의 기쁨은 말할 수 없다. 로사는 바다와 산이 보이는 뷰를 포기한 대신 휴일을 누리기 위해 최선을 다했다. 열심히 바다와 오름을 누볐다. 반대 방향 버스를 타는 바람에 제주를 한 바퀴 돌아 세 시간 만에 목적지에 도착해도 그것만으로 충분한 여행이었다.

마땅히 갈 곳이 떠오르지 않으면, 아침 일찍 일어나 제주시외버스터미널로 간다. 그곳에서 가장 빨리 출발하는 버스를 무작정 타고, 가장 마음에 드는 지명이 버스 안내에서 나오면 본능적으로 내리기도 했다. 그렇게 만난 곳이 화순리의 금모래 해변이다. 우연히 만나 마음에 드는 곳은 기억하고 있다가 이따금 다시 찾아간다. 그것이 그녀가 제주로 온 이유 중 가장 큰 것이 아닌가 싶다.

하고 싶었던 일은 무어든 할 수 있었다. 물론 서울에서도 얼마든지 할 수 있는 일들도 있었다. 그러나 분 단위로 시간을 쪼개지 않으면 섣불리 할 수 없었던 일들이기도 하다. 제주에서 여유를 가지고, 그야말로 여가시간에 할 수 있는 것들로 로사의 정신을, 로사의 마음을 채울 수 있었다.

"제주에서 배우기 시작한 게 너무 많아요. 우쿨렐레도 배웠고, 승마, 수화, 주짓수, 요가, 스윙댄스도 배웠어요. 또 서귀포 어느 카페에서 글쓰기 수업도 들었어요. 사실 승마를 제외하곤 서울에서도 다 할 수 있는 거잖아요. 하지만 그땐 마음의 여유가 없었던 것 같아요. 또 피곤해서 배우기를 포기한 것도 많고요. 제주에 왔으니 재미있는 것들을 취하며 살고자 하는 욕망이 커졌죠."

그렇게 다짐했던 2년이 지났고, 벌써 7년째 제주에서 출퇴근하고 있다. 그 사이 그녀는 두 번 이직했고, 세 번째 회사에 다니고 있으며, 이직할 때마다 연봉도 조금씩 올랐다(물론 주 4일은 포기해야 했지만). 연애도 했다. 남들은 육지에서 대기업 다니다가 일에 지쳐 제주로 내려와 빵집 한다던데, 정작 본인은 제주에선 나름 대기업(이라 지인들끼리만 인정한다는) 어느 호텔에서 광고 홍보 일을 담당하고 있다. 다른 이주민들처럼 여행자의 느낌을 풍기기보단, 제주 현지인 아니냐는 우스갯소리를 들을 정도로 제주도민 그 자체, 제주생활자 그 자체의 모습을 하고 있다.

그래서 그녀는 인터뷰 중간에도 '나에게 무슨 이야기가 될 만한 게 있을까?' 하며 망설였다. "원고를 쓰다가 '거리'가 없으면 언제든 취소하세요. 상처받지 않을게요." 하며 웃었다. 하지만 그럴수록 나는 로사의 이야기가 이 책에 꼭 필요하단 생각이 들었다. 때론 가장 평범한 것이 특별해 보일 때가 있다. 나는 그녀가 특별하다고 생각했다. 독특하고 특별함들로만 채우다 사실은 가장 많은 것을, 그러니까 '가장 보통의 것'을 놓칠 때가 많다.

그런 의미에서 로사는 '수많은 우리'를 대변하고 있었다. 어쩌면 우리가 생각하는 것과는 다르게, 제주 이주민들의 대부분은 로사와 같이 여전히 회사에 매여 있고, 바쁘며, 그 시간을 쪼개 제주를 누리고 있을지도 모른다. 여전히 월급 받는 인생

안정적인 바운더리 안에서
가장 나답게 사는 것.
그게 '나'이니까요.

그래서 저는
제주에서 더 열정적으로
살고 있어요.

을 견디고 있을지도 모른다.

카페나 제과점, 소규모 공방, 게스트하우스를 운영하는 것만이 '제주스럽다'라고 생각한 나의 편견을 깨닫는 순간이었다. 그녀는 평범했지만, 다른 여러 사람들과 함께 있으니 또 특별했다.

"그렇게 생각하면 또 저는 참 다르게 살고 있구나 하는 생각도 들어요. 제가 제주에서 만난 사람들은 전부 자기만의 재능을 가지고 무언가를 운영하고 있거든요. 저는 그런 쪽엔 재능도 없고, 돈도 없어서 회사를 다니고 있다고 생각했어요. 하지만 다시 생각해보면, 그건 기질과도 관련이 있는 것 같아요. 안정적인 바운더리 안에서 가장 나답게 사는 것. 그게 '나'이니까요. 그래서 저는 제주에서 더 열정적으로 살고 있어요. 왜 그런가 스스로에게 물어보기도 했어요. 나이를 먹고 사람들과 점차 멀어지면서 애써 시도를 하게 된 건지, 아니면 이곳이 제주라서 자연스럽게 누리게 된 건지……. 잘 모르겠어요. 아무튼 제주가 내게 많은 영향을 끼친 건 확실해요."

나만의 방식으로 '꿈꾸는 삶'과 연대하다

단기 수업으로 만났다가 친해져 정기적으로 함께 글쓰기 모임을 갖는 친구들 중에서도 그녀는 유일하게 '회사원'이었다. 서점을 운영하는 이, 카페 직원, 한 달 살이 숙소를 운영하는 이, 그리고 단기 계약직 직원……. 이들의 공통점은 모두 3주 이상의 휴가를 낼 수 있다는 것이다.

자영업을 하는 이들은 '방학'이라 표현되는 일종의 휴업을 할 수 있었고, 계약직 직원은 '계약종료일'이 있었다. 이들은 모두 일정을 맞춰 3주간 여행을 떠났다. 사흘 휴가 내는 것도 눈치를 봐야 하는 로사는 그 여행이 너무나 부러웠다. "다음 여행은 어디로 갈까" 하며 모임에서 이야기가 나오면 다음번엔 나도 따라가겠다고 눈을 부라렸다.

"방법은 하나밖에 없어요. 바로 신혼여행이요. 가짜 청첩장을 돌려서라도 신혼여행 휴가를 받아 글쓰기 팀원들 여행에 끼고 싶은 거예요. 그럴 땐 가끔 제 신세가 한탄스럽기도 한데, 또 다른 이들도 나름대로 고충이 있을 것 같아요. 월급이라는 안정감을 품에 안았으면, 3주 휴가는 또 포기하는 게 맞는 듯하고. (웃음)"

하지만 그녀는 자신만의 방법으로 그들과 연대하고 있었다. 제주에 사는 이웃이 가게를 차린다고 하면 휴일에 달려가 일손을 보태기도 하고, 친구들이 준비한 이런저런 이벤트나 행사에 참견하며 기웃거리기도 한다. 제주에서 같이 살자고 하면 콧방귀를 끼던 오랜 육지 친구를 기어이 제주도민으로 만들어 판을 키우기도 했다.

로사의 인생에 찾아온 두 마리의 '또렷한 행복'

그리고 제주가 아니었으면 엄두도 못 냈을 작은 생명체도 두 마리나 키우기 시작했다.

"'냉이'는 제주 오일장에서 만났어요. 지금은 불법이라 없어졌는데, 당시엔 오일장에서 강아지랑 고양이를 팔았거든요. 오일장을 한참 구경하다가 강아지가 가득 들어 있는 우리를 발견했는데, 강아지들 틈에 딱 한 마리, 까만 아기고양이가 있는 거예요. 눈에 너무 밟혔어요. 하지만 '내가 과연 동물을 감당할 수 있을까?' 나를 신뢰하지 못해서 고민이 되었어요. 그래서 이 큰 오일장을 한 바퀴 돌면서 생각하자 하고 한 바퀴 돌았죠. 그런데 마음이 서질 않아서 또 한 바퀴 돌고. 그때도 안 팔리고 있으면 내가 데리고 가자, 다짐하고 또 한 바퀴 돌고. 그렇게 다섯 바퀴를 돌다 결국 데리고 온 아이예요. 하지만 제가 매일 출근해 집에 없으니 외로울 것 같아 한 마리를 더 데리고 왔어

요. 그 아이가 유기묘센터에서 데리고 온 '봄동이'고요."

한 마리도 감당할 수 없을 것 같았던 그녀가 두 마리의 고양이와 4년째 동거 중이다. 로사는 냉이와 봄동이를 '인생에서 가장 또렷한 행복을 주는 존재'라고 표현했다. 나는 그 말이 좋았다. 제주가 아니었다면, 또렷한 기쁨은 만나지 못했을지도 모르는 일 아닌가.

"누군가 내게 '당신은 행복해지기 위해 무엇을 했냐'라고 물으면 한 가지는 대답할 수 있겠더라고요. '제주에 온 것'이라고요. 전 외로움을 많이 타는 편이라, 항상 주변에 사람이 있어야 했어요. 그런 내가 나의 삶을 통째로 바꾸기 위해, 나를 위한 것이 아무것도 없는 제주도에 왔다는 것이, 지금도 사실 너무 신기해요. 지금은 그저 생활이자 삶이 되었지만, 제 인생에서 가장 큰 결심이자 선택이 아닌가 싶어요."

또렷한 행복을 지키기 위해 매일 쳇바퀴를 굴리는 그녀에게 나는 제주에 살면서 다른 곳으로 여행을 간 적은 있는지 물어보았다. "제가 연차가 열다섯 개 있거든요"로 시작하는 로사의 말에 우리는 함께 웃었다. 연차 개수를 헤아리며 살던 시절이 언제인가! 나는 직장에 매인 그녀가 부러웠고, 그녀는 3주간 어디

론가 훌쩍 여행할 수 있는 또 다른 이들을 부러워하고 있었다.

"경력직이 되다 보니, 이제 주말을 껴서 사나흘 정도 휴가를 낼 수 있는 짬이 되었어요. 제주에 있으니까, 김포로 가서 또 비행기를 타야 하는 일이 번거롭잖아요. 그래서 '제주에 직항이 있는 나라'가 가장 중요해졌죠. (웃음) 가까우면서 화려한 도시가 있는, 그런 곳을 여행지로 가게 되더라고요. 대만이나 홍콩, 싱가포르 같은 곳이요. 정말 말 그대로 직장인이 잠깐 숨통 틔우기 위해 떠나는 도깨비 여행 같은 거죠."

로사는 '나인 투 식스' 직장인이라, 그리고 나는 저녁에는 아이를 봐야 해서 우리는 평일에 만나지 못했다. 생각해보니 다른 인터뷰이들은 언제나 평일 한낮에 만났다. 직장인인 그녀를 위해 제주 시내 밖을 벗어나 콧바람이라도 쐬게 해주고 싶었지만, 사실 나보다 제주를 더 오래 산 이였다. 우리는 토요일 정오에 시내에 있는 브런치 카페에서 이야기를 나눴다. 그것 또한 특별한 이야깃거리였다.

/

로사를 만나고 돌아오는 길에, 얼마 전 내 머리카락을 다듬어주었던 1인 미용실 원장님이 생각났다. 제주로 이주한 지 8년쯤 되는 아이 엄마였다. 아이를 갖기 전까진 제주 미용실 몇 군데에서 일했고, 아이를 낳고서는 시간을 완전히 쏟을 수 없어 시간 조절이 가능한 작은 숍을 혼자서 운영하고 있었다.

"처음에 제주에 와서 면접 볼 때의 일이 아직도 생생해요. 육지에서 나름대로 20년 경력을 쌓았고, 제주로 내려오기 직전엔 좋은 조건의 미용실 부원장 스카우트 제의도 받았었죠. 그런데 면접 보러 간 제주의 미용실에서 대뜸 내게 하는 말이 '당신이 경력이 있든 없든 여기선 무조건 180만 원으로 시작한다'였거든요. 다시 육지로 올라갈까도 생각했지만, 그땐 정말 울며 겨자 먹기로 일했어요. 자존심 상하고 힘든 기억인데, 웬걸 나 벌써 제주에서 8년을 살고 있어요."

로사도 이런 마음이었겠지. 그런데 웬걸, 그녀도 제주에서 7년을 살고 있구나.

육지에서 받던 월급의 절반을 날려 먹어도, 아직도 여전히 눈치를 보며 휴가를 써도, 매일 퇴근시간을 칼 같이 지켜내며 달려간 스윙댄스 모임으로 하루의 스트레스를 날리고, 주말마다 제주 곳곳에 발도장을 찍는 기쁨으로, 제주가 아니었으면 만나지 못했을 냉이와 봄동을 품에 안으며, 아껴 모은 연차로 제주 직항 비행기를 타며, 그렇게 '또렷한 행복'을 쌓으며 제주에 살고 있겠지. 소박하지만 놓칠 수 없는 그 행복을 위해, 오늘도 제주에서 다람쥐 쳇바퀴를 굴리고 있겠지.

사실은 어쩌면 훨씬 더 많은 제주 이주민의 모습인 '제주생활자', 수많은 로사들에게 "수고했어, 오늘도" 하고 등을 두드려주고 싶은 그런 날이었다.

7

우선희

힘겹게 넘어야 하는 삶의 고비들 탓에 간절히 원하던 것들을 묻고 살았다. 그래도 여전히 힘들었고 불안했고 우울했다. 아무도 모르는 곳에 가서 살고픈 마음에 떠난 제주, 가파도의 바람을 만난 후 안정감과 의욕을 되찾았고, 비로소 다시 원하는 그림을 그릴 수 있게 됐다.

떠나고 나서야

내 삶이, 내 꿈이 나를 찾아 왔어요

가파도 그리는 화가·캘리그래피 작가
우선희

제주도 본섬은 그보다 작은 몇 개의 섬을 곁에 두고 있다. 동에는 우도, 서에는 차귀도, 남에는 마라도와 가파도가 대표적이다. 손바닥만 한 작은 섬들은 저마다 특색이 있고, 또 그편에서 본섬을 바라보는 재미도 있어서 해마다 사람들이 이 작은 섬들을 찾는다.

몇 년 사이 배편도 꽤 늘었다. 매표소에서는 물어보지도 않고 두어 시간 차이를 둔 왕복표를 끊어준다. 1시에 들어가면 반드시 3시에 돌아오는 배를 타야 한다. 5시 이후엔 배편이 없고, 섬에 남은 자들은 대부분 시간에 구애받지 않으려 편도 티켓을 끊은 낚시꾼들이다. 성수기에는 낮시간 동안 작은 섬이 왁자지껄하다. 한 번에 백여 명씩 우르르 배에서 내려 앞서간 사람들을 따라 이동하고 섬머리에 다닥다닥 붙은 식당에서 다 같이 전복과 소라, 성게국수 등을 먹는다(아, 물론 마라도에선 자장면!).

단체여행 아닌 단체여행을 피하기 위해 나는 가파도로 들어가는 마지막 배를 탔다. 청보리밭을 최대로 즐기는 방법, 막배 타기. 이 배를 타면 본섬으로 돌아갈 수 없기에 배 안도 역시 한산하다. 그렇게 가파도에 도착해 청보리를 보며 늦은 오후를 보내고, 일몰을 보고, 밤하늘 별을 보고, 다음날 오전 11시 이전에 제주로 돌아가는 배를 타기로 했다. 그러면 그 시간 동안 가파도는 온전히 나의 섬이 된다.

관광객이 썰물처럼 빠져나간 섬을 구석구석 걸어 다녔다. 제주와는 사뭇 다른 올레와 돌담길, 이 섬의 유일한 학교인 가파초등학교, 보리밭으로 둘러싸인 보건진료소, 번쩍번쩍한 소방차는 없어도 믿음직해 보이는 마을 소방의용대 건물을 차례차례 지나면 어느새 반대편 바다, 우리나라 최남단에 있는 마라도를 마주한 바다에 도착한다. 빠른 걸음을 재촉하면 한 시간에도 둘러볼 수 있지만, 푸른 보리 물결 앞에 넋을 잃으면 하루라는 시간이 모자랄 정도이다.

아무도 없는 가파도를 여행하다 '마을 강당'이라고 표시된 건물에 도착했다. 창고를 개조해 만든 강당 끝엔 큰 창문이 나 있고, 그 창을 통해 바람에 흔들리는 보리밭을 보았다. 그곳에선 '4월의 바람'이라 이름 붙인 전시가 열리고 있었다. 가파도 보리밭을 담은 그림이 강당 곳곳에 자리 잡고 있었다. 그림 속에서 일렁이는 보리밭을 보니 내 마음에도 바람이 불었다.

창을 통해 들어오는 보리밭 풍경과 그림 속 풍경을 번갈아 보다가, 문득 작가가 궁금해 책상 위에 아무렇게나 놓인 브로셔를 손에 들었다. '백보름(제주어로 '벽'을 뜻하는 말)'이라 이름 붙인 8페이지의 책자엔 온전히 작가가 써 내려간 글로 메워져 있었다. 한 번 훑어보려다가, 마냥 훑을 수 없는 내용에 자세를 고치고 앉아 찬찬히 읽어 내려갔다.

그건 작가의 고백록과 같은 것이었다. 마음을 깊게 나눈 친구에게도 쉬 말할 수 없을, 힘든 인생을 표현한 단어들이 꾹꾹 눌러져 있었다. 분명히 어느 문장은 몇 번이나 썼다 지웠다를 반복했을 것이고, 그렇게 반복하다 책상 앞에 엎드려 울기도 했을 것 같았다.

나는 그녀를 만나고 싶었다. 마을 깊숙한 곳을 들어와야 볼 수 있는 전시장, 배 시간이 빠듯하면 그냥 지나치고 말 그 강당에서 그녀는 누구를 기다리고 있었을까? 드문드문 이곳을 찾

은, 우연히 그녀의 작품을 마주한 사람들은 이 글을 읽고 어떤 기분이 들었을까? 무슨 이유로 그녀는 제주에서 살게 되었으며, 또 어떻게 살고 있을까? 왜 하필이면 가파도의 바람을 그리게 되었을까?

보이지 않는 낚싯줄을 잘라내고 싶어 떠났어요

"제주에 오게 된 가장 결정적인 계기는…… 사랑을 잃었기 때문이죠."

하지만 우선희를 '스물일곱 살에 사랑을 잃어 제주로 내려온 여자'라고만 표현할 수는 없다. 그렇다고 그녀의 유년시절부터 차근차근 이야기해 나가기도 쉽지 않다. 다 담아낼 수 없다는 걸 알기 때문에.

제주도만큼이나 좁디좁은 상주의 어느 마을에서 나고 자랐다. 대학교 진학으로 조금 더 큰 도시에서 몇 년을 머문 것 외에는 졸업 후에도 다시 돌아와 상주에 있었으니, 동네 전체가 우선희를 안다고 해도 과언이 아니다. 여러모로 그녀는 유명했다. 그림을 잘 그렸고, 예뻤고, 또 '똘끼'도 충만했고…… 그리고 (그리 좋지 않은 이유로) 동네를 떠들썩하게 만드는 부모가 있었다.

"행복한 유년을 보내지도 못 했지만, 저의 인생 절체절명의 위기는 대학진학을 앞둔 때였어요. 그때까지 대학진학만이 나를 구원할 것이라 믿었어요. '번듯한 대학교를 나와 열심히 공부하고 졸업하면, 분명 화가가 될 수 있을 거야!' 매일 다짐했죠. 그게 내 인생에 가장 큰 목표였고, 이 현실을 벗어날 유일한 도피 방법이었어요. 하지만 새아버지는 다시 죄를 지어 복역했고, 엄마는 매일 술만 마셨어요. 대학교에 못 갈 수도 있다는 두려움은, 당시 스무 살이었던 제가 감당하기엔 너무 힘든 감정이었어요. 겨우겨우 나를 버티게 해주었던 것은 종교였는데, 그때는 '하나님이 정말 계시기나 한 걸까?' 하는 의심이 들었어요."

'하나님이 정말 계시는 걸까?' 하는 의심은 그 이후로 끝날 줄 알았는데, 인생에 반복되는 레퍼토리가 되었다. A라는 고비가 가장 큰 줄 알았는데, 살다 보니 그건 또 고비라고 생각되지 않을 만큼 또 다른 고통 B가 찾아오는 식이었다. 사실 모든 이의 삶이 그렇다. 해마다 달마다 우리는 허덕이며, 고비를 넘으며 살고 있다.

다행히 그녀 곁에는, 아낌없이 지지해주고 사랑해주는 스승들이 있었다. 그들을 버팀목 삼아 겨우겨우 대학엘 진학했고, 온갖 아르바이트와 공부를 병행하며, 그것도 여의치 않으면 장기간 휴학해서 돈을 벌었다. 힘들게 졸업했지만, 난관엔 계속 부딪혔다. 졸업만 하면 작가로서 그림을 그리며 살 수 있을 거란 꿈은 순진무구한 공상에 지나지 않았다. 사회에 나와 일할 때도, 혹은 누군가를 만나 사랑할 때도, '가정'이나 '부모'와 관련된 일들은 늘 발목을 잡았다.

"내가 선택한 일도 아닌데, 엄마 아빠와 관련된 일들은 언제나 '보이지 않는 낚싯줄'이 되었어요. 걸림돌이라고도 표현하기 어려워요. 돌이라면 그냥 들어서 치우면 될 텐데, 낚싯줄은 투명하거든요. 언제 어디서 툭 하고 걸릴지 몰라 불안했어요. 자신감도 많이 떨어지고…… 우선희라는 존재를 아무도 모르는 곳으로 가서 다시 시작하고 싶었어요."

그렇게, 보이지 않는 낚싯줄에 또 한 번 걸려 사랑을 잃은 그녀는 2012년 제주로 이주했다. 아직 20대였고, 여전히 생기가 넘쳤다. 어릴 적부터 받아왔던 상처라 면역력이 생겨 극복도 빨랐다. 종달리의 폐가 하나를 얻게 되어 열심히 고치면서 살기로 마음먹었다. 그곳에서 방과 후 교사로 아이들을 가르치며 벌이를 하고, 나머지 시간엔 유유자적하며 마당에 꽃 키우고 노래를 부르며 살겠노라 다짐하고선, 칠 줄도 모르는 기타도 한 대 사서 무작정 내려왔다.

하지만 내려와 보니 폐가 지붕엔 커다란 구멍이 두 군데나 뚫려 있었다. 업체를 불러 공사 견적을 내보았는데, 세상에 5천만 원이 필요하단다. 말도 안 되는 액수에 그 헌집은 포기하고 말았다. 대신 서귀포시 어느 귤밭 안에 있는 농가주택에서 여자 셋이 함께 살게 되었다. 제주에 온다고 고비가 없는 것은 결코 아니다.

"지금 생각해보면, 업체 아저씨가 일부러 뻥튀기한 금액을 부른 것 같아요. 지금이야 돌집이나 구옥은 리모델링해서 카페도 하고 숙박업도 할 정도로 인기가 많지만, 당시엔 그런 개념이 없었거든요. 젊은 여자 혼자 이 폐가에서 사는 건 너무 위험하니까 살지 말라는 표현을 그렇게 에둘러 하신 것 같아요."

떠나고 나서야 다시 그림을 그릴 수 있게 됐어요

2012년 2월에 제주에 내려와 처음 한 일은 역시나 '이력서 쓰기'다. 작은 마을 상주에서는 그림 잘 그리는 우선희를 모르는 사람이 없었다. 게다가 그 시골 마을에서 너무나도 특이한 〈글씨가게〉라는 상점도 열었다. 글씨를 파는 가게라니, 캘리그래피가 서울에서는 제법 유행하고 있었지만, 상주에선 생소한 분야였다. '역시 우선희는 똘끼가 충만하구나!' 하는 소리를 들을

사람이 그리운 섬, 가파도

줄 알았는데, 웬걸, 생각보다 빨리 자리를 잡았고, 우선희는 곳곳에서 불러주는 인기 강사가 되었다. 하지만 제주에서는 아무도 그녀를 알지 못한다. 처음부터 다시 시작해야 했다.

하도리에서 대정읍까지 열 군데의 벽촌 학교들만 골라 방과 후 교사 이력서를 냈다. 처음에 연락 온 곳은 단 한 군데였다. 서귀포 태흥리에 있는 초등학교에 이주한 지 한 달 만에 출근하기 시작했다. 한 달에 150만 원 정도는 벌어야 생활이 가능했는데, 앞으로 서너 군데의 학교는 더 다녀야 그 돈을 벌 수 있었다. 최선을 다한 덕분인지, 다음 학기엔 표선 풍천리, 그다음엔 고산리에 있는 아동센터 등에서 연락이 오기 시작했고, 정말 말 그대로 동에 번쩍 서에 번쩍하며 수업을 다녔다.

하지만 열심히 일하다가도 세 평 남짓한 귤밭 창고 속으로 돌아와 밤을 맞을 때면, 어김없이 우울감과 좌절감이 찾아왔다. 오래된 돌집은 추웠고, 샤워하려고 비누거품을 내는 중에도 달려와 물어뜯는 모기떼도 싫었다. 제주에 오면 괜찮을 줄 알았는데, 오히려 그리운 고향으로 돌아가고 싶었고, 하지만 돌아가는 것은 어리석은 일이라는 것을 알기 때문에 이도 저도 못한 채 울며 잠들기를 여러 날, 그러다 만난 것이 4월의 가파도였다.

청보리가 있다는 이야기를 듣고, 무작정 통통배에 몸을 실었다. (그땐 지금처럼 번듯한 여객선도 아니었던 모양이다.) 그날 가파도엔 말로는 표현 못 할 바람이 불었다. 그녀는 자전거를 타고 바람이 부는 보리밭 사이를 누볐다. 넓게 펼쳐진 보리밭에 휘몰아치는 바람. 바람 앞에 홀로 서서 사진을 찍었다. 그 자유롭게 부는 바람 속에서 오히려 안정감을 느꼈다. 그녀는 여기서 그만 시간이 멈췄으면 좋겠단 생각을 했다.

그날 가파도에서 마주한 바람과 풍경, 그리고 감정들 덕분에 다시 그림을 그려야겠다는 욕망이 불일 듯 솟았다. 그때부터 우선희는 가파도의 바람을 그리기 시작했다. 아침에 일어나 학교에 가서 아이들을 가르치고, 집으로 돌아오면 그림을 그리다 새벽에 잠드는 시간이 반복되었다.

"마침 집주인 아주머니가 저에게 그림 그리는 일을 부탁하셨어요. 보수는 없지만 대신 그림 도구를 사주는 조건이었어요. 그날 아주 작정을 하고 화방에 들러 붓이며 물감이며, 150만 원어치를 샀어요. (웃음) 그리고 그걸로 1년 동안 가파도를 그린 거죠."

다시 꿈꾸게 만들어준 가파도의 바람

하지만 그림을 다시 그렸다고, 바로 인생이 나아지거나 즐거워진 건 아니다. 2012년에 제주에 왔는데, 2019년에 가파도 그림으로 전시를 했으니, 꼬박 7년은 아프고 힘들었다. 그 사이 그녀는 제주에서 양봉을 하는 남자를 만나 결혼했고, 아이를 낳았다. 남편은 제주 사람이었고, 착하고 견실했다. 그리고 너무나 신기하게도 그와 그의 부모는 그녀의 '보이지 않는 낚싯줄'에 걸리지 않았다. 자신의 가정환경에 아무렇지도 않았던 남자는 처음이라 그녀는 그것이 전부인 줄만 알았다.

"나의 아빠가, 또는 엄마가 어떤 사람이었는지와 상관없이 나를 그저 사랑해주는 것, 그걸로 충분하다고 생각했어요. 하지만 다른 걸 보지 못했던 거예요. 나와 말이 잘 통하는 사람인지, 가치관은 올바른 사람인지…… 그 모든 잣대를 온전히 보이지 않는 낚싯줄에만 대본 거죠. 그래서 3년은 무던히도 싸웠어요. 매일 이혼을 생각한 적도 있고요. 이제야 조금씩 서로를 인정해가는 중이에요."

어릴 적엔 가정환경에, 커서는 돈에, 또 즐겁지 않았던 결혼생활에, 육아에…… 매번 '내가 믿는 신은 정말 있는 것인가' 의심하고, 울고, 하지만 다시 오뚝이처럼 일어서는 시간이 반복되었다. 다행히도 신은 그녀에게 희미하지만 확실한 대답을 해주었던 것 같다. 7년이 지난 지금, 결국 그녀는 기쁨을 맛보고 있으니까.

2018년 여름, 그녀에게 기회가 찾아왔다. 그녀는 지인의 요청으로 경주에서 열리는 아트페어에 가파도 그림 작품을 전시하게 되었다. 당시 경주 아트페어엔 전국의 갤러리, 작가들이 천 팀 정도 참가했다. 그녀가 그린 가파도의 바람은 많은 사람들의 주목을 받았다. 참가한 천여 점의 작품 중에 가장 먼저 팔리기도 했다. 그림을 보러 온 사람들은 그녀의 작품에 감동했고, 그녀가 직접 써내려간 인생의 질곡에 공감했고, 또 작가의 실물(?)에 깜짝 놀랐다.

"처음엔 페어에 그림만 갖고 가면 된다고 생각했어요. 그런데 페어를 총괄하시던 분이 제주 태생도 아닌 사람이 왜 가파도를 그리고 있는지 궁금해 하시더라고요. 그때 〈백보름〉 브로셔에 들어간 글을 쓰게 되었어요. 쓰는 동안 너무 힘들었지만 나 자신과 마주할 좋은 기회였어요. 또 이 글로 인해 사람들이 나의 그림을 더 이해하는 데 도움이 된 것 같아요. 그림이나 글만 보면 인생깨나 살아본 사람 같은데, 작가 프로필에 1985년생이라고 되어 있으니 사람들이 깜짝 놀라기도 해요. (웃음) 어떻게 그 나이에 인생의 바람을 표현할 수 있냐 물을 때마다 저는 '마음의 나이'가 많다고 대답했어요."

그때 받은 위로와 격려로 용기를 내어, 마침 청보리 축제가 있는 가파도에서 자신의 그림을 전시해보고 싶은 욕심이 생겼다.

“대정읍 쪽에 있는 이장님을 수소문해서 가파도에서 전시를 하고 싶다고 말씀 드렸어요. 여러 과정을 거쳐 가파도에서 이장님을 만나 뵀는데, 그 순간이 잊히질 않네요. 정말 무뚝뚝하셨거든요. (웃음) 인사를 해도 앞만 보고 ‘예’, 뭘 물어봐도 ‘예’. (웃음) 전화를 해도 잘 받지 않고, 나더러 이곳에서 전시를 하라는 건지 말라는 건지 모르겠더라고요. 두 번, 세 번, 네 번 봐야 제주 분들은 마음을 열죠. 처음엔 나보고 다 알아서 하라, 도와줄 것도 없다, 1원도 지원 못 해준다 하시더니, 여러 차례 가파도에 들어갔다 나오고 나자, 아 이 친구가 정말 여기서 하려나 보다, 가파도를 좋아하나 보다 생각하신 것 같아요.”

전시할 데가 여기밖에 없다고 보여준 곳이, 〈사월의 바람〉 전시장이 된 마을 강당이다. 보리가 익어가는 두 달 동안 내내 우선희의 그림이 이 강당을 지켰다. 배를 타고 들어가야 하는 데다 그녀도 본섬에서 여전히 해야 할 일이 있었기에, 오픈하는 날 외엔 거의 찾아가보지 못했다.

"청보리 축제가 열리기 바로 전날 가파도에서 전화가 왔어요. 가파도항 앞에 무대가 설치되었는데, 지금 당장 와서 그림을 그려달라는 거예요. 수업이 있어서 들어갈 수 없다고 했더니 난감해 하시더라고요. 생각하다가, 축제 오픈 날 가서 퍼포먼스로 종일 벽화를 그리겠다고 말했어요. 그래서 다음 날 가파도에 들어가서 종일 그 큰 무대를 그림으로 채웠어요. 관광객들이 모여 구경도 하고, 포토존도 되고, 재미있는 시간이었어요. 그렇게 가파도의 바람을 그린 계기로 저는 삶의 전환점을 맞았고, 다시 꿈꿀 수 있게 되었어요."

인생의 나비가 되어준 선생님들처럼

그녀가 다시 '우선희'의 일을 시작한 것은 얼마 되지 않았다. 특히 결혼하고 남편과 아이와 매일 같이 전쟁을 치르는 데만 3년을 보냈다. 둘째 아이가 어린이집에 가면서, 시간적인 여유가 생겨 다시 일을 시작했다. 가장 먼저 한 것은 아이들을 가르치는 일이었다. 그것도 시골학교에서.

"유년을 잘 버틸 수 있었던 것은 나를 정말 아껴주는 선생님들이 있었기 때문이에요. 몇몇 선생님이 내 인생에 나비가 되

여러모로 가파도의 그림은
그녀 인생에 많은 것들을 변화시켰다.

아니 원래 그녀가 꿈꾸고 있던 것들,
깊이 간직하고 있던 것들을
'되돌려놓았다'라는 표현이
더 맞을 것 같다.

어주지 않았다면, 그림을 그리지도 못 했을 것 같고요. 제가 도움을 받았기 때문에, 나도 그런 선생님이 되고 싶어요. 수업을 나가는 곳이 주로 벽촌 학교나 지역아동센터예요. 센터에는 환경이 어려운 친구들이 많이 오는데, 그중에서도 매사에 자신감이 없고 혼자 노는 아이들이 보이죠. 저는 그런 아이에게 특별히 더 신경을 써요. 그리고 오랜 뒤에 변화한 모습을 보면 정말 기쁘죠. 우선희라는 아이를 또 하나 살린 것 같은 기분이 들어요."

상주에서 운영하던 〈글씨가게〉를 다시 제주에서 열었다. 서울에서부터 천천히 걸어오는 유행의 시류 덕에 제법 캘리그래피를 배우러 오는 사람도 생겼다. 지금은 대한민국여성능력개발센터의 서귀포 지부장이 되어서, 경력단절 여성들을 캘리그래피 강사로 양성하는 일을 하고 있다. 서귀포 신시가지, 표선, 중문, 성산 등 여러 센터에 강사로 나가는 이들은 모두 이곳에서 양성했다. 식당, 카페, 게스트하우스 등 건물에 벽화도 그리고 메뉴판도 쓴다.

양봉업을 하는 남편 덕도 요즘은 쏠쏠하게 본다. 계절을 타는 직업이라 한 계절은 꼬박 쉬기도 한다. 그럴 때면 두 아이는 아빠에게 맡겨놓고 일주일이나 길게는 한 달 정도 육지에 전시도 할 수 있게 되었다. 그렇게 그녀에게 매번 싸움을 걸던 남편도 가파도 전시 이후 많이 달라졌다.

"전시 첫날, 남편이 종일 울더라고요. 처음엔 내 그림에 감동받았나 했어요. 그런데 나중에 들어보니, 그간 자신이 아내의 가치를 너무 몰라준 것 같아 미안한 마음에 울었다고 하더라고요. 낮에 정신없이 바쁘고, 저녁엔 아이들 먹이고 씻기고 재우고, 밤 10시, 11시에 그림 그리기 시작해 새벽을 넘기는 저의 모습을 보고도 많이 놀란 것 같고요."

여러모로 가파도의 그림은 그녀 인생에 많은 것들을 변화시켰다. 아니 원래 그녀가 꿈꾸고 있던 것들, 깊이 간직하고 있던 것들을 '되돌려놓았다'라는 표현이 더 맞을 것 같다. 제주에 와 7년을 울며 지냈지만, 사실 돌아보면 그녀는 울면서도 씨를 뿌렸고, 씨앗을 틔웠고, 열매를 맺고 있었다. 제주 곳곳엔, 그녀의 이름은 드러나지 않아도 그녀의 흔적들이 많다.

"언젠가 나의 버팀목이 돼주셨던 선생님을 만난 적이 있어요. 그때 그렸던 그림을 보여드렸는데, 그 이후로 선생님이 가끔 묻곤 하셨죠. '요즘도 그림 그리고 있니?' 불과 몇 년 전까지만 해도 그 질문에 대답을 할 수 없어서 선생님께 연락도 드리질 못 했었는데…… 이제 그 질문에 늘 같은 대답을 할 수 있는 내가 되고 싶어요. 늘 그림을 그리고 있다고, 평생 그림을 그리며 살겠노라고."

/

나를 만나기 전, 그녀는 서귀포의 유명한 제과점에 들러 "멀리 애월에서 오는 손님이 있는데, 여기서만 먹을 수 있는 빵을 추천해달라"고 해 빵을 사왔다. 그 말을 전해들으며 나는 웃었다. 제주도가 이렇게 멀다.

'서귀포 특산품'을 받아들고 다시 멀고 먼 제주시로 돌아오는 길 내내 그녀의 마지막 말이 생각났다. 평생 그림을 손에서 놓지 않겠다는 그 말을. 나는 과연 평생 글을 쓸 수 있을까? 아직은 그 질문에 대답할 길이 없어서 인생의 작은 주머니 속에 넣어두기로 한다. 하지만 언젠가는 그 질문에 확실한 대답을 하고 싶다. 그녀처럼, 그리고 그녀와 꼭 같은 대답을 할 수 있으면 좋겠다.

8

박석준 · 최유미

서울에서 직장생활을 하다가 좋아하는 일을 하며 살고 싶다는 간절함으로 제주에 정착한 부부. 음악을 하며 '안정적이며 즐거운 삶'이라는 누구나 꿈꾸는 바람이자 특별할 것 없는 희망을 실현하기 위해 매 순간 고군분투 중이다.

하기 싫은 일과 하고 싶은 일 사이에서

균형을 이루며 사는 법

'소리께떼' 부부공연단

박석준 ◦ 최유미

2015년은 내가 제주에 정착한 첫해이다. 다니던 회사를 그만두자마자 제주에 온 터라 놀 친구도, 할 일도, 타고 다닐 자동차도 없던 시절이었다. 신혼여행을 마치고 나자 남편마저 일터로 나가고, 홀로 남은 나는 넘치는 시간 앞에 당황스러웠다. 대학교 졸업 후 10년 동안 쉬지 않고 일하던 '바쁨쟁이'라 더욱 그랬다. 그냥 한가로이 여유를 부려도 되건만, 아무것도 하지 않으면 여전히 불안했다.

그런 불안한 마음을 달래고자 시작한 것이 우쿨렐레 연주였다. 포털사이트 검색란에 '제주 우쿨렐레'라는 단어를 넣었는데, 버스를 타고 몇 정거장만 가면 되는 곳에 교습소가 있었다. 얼마나 정성 들여 웹사이트를 꾸며놓았는지, 선생님으로 보이는 콧수염 난 남자는 제주 곳곳 — 오름이며 바닷가 앞 — 에서 우쿨렐레를 연주한 동영상까지 올려놓았다. 수업료도 서울에 비하면 저렴한 편이라 가난한 프리랜서인 내게 큰 부담이 되지 않았다. 교습소 근처에 도서관도 있어서 돌아오는 길에 책도 읽을 수 있는, 하루를 보내기에 좋은 코스였다.

그렇게 만난 스승이 석준이었고, 그의 아내 유미는 내가 초급반에서 벗어날 무렵 함께 우쿨렐레를 배우는 동료가 되었다. 3주 정도 수업 진도가 나갔을 즈음에야 우리는 같은 동네, 심지어 같은 아파트에서 살고 있다는 걸 알게 되었고 급히 친구가 되었다. 나에겐 제주에서의 첫 인연이다. 주말이면 함께 오름도 오르고, 집에서 저녁도 먹고, 〈무한도전〉도 같이 보았다. 제주에서의 첫 연말도 이들 부부와 함께 보냈다.

아이가 태어나기 직전까지 만삭의 몸으로 1년이 넘게 정든 부부의 교습소를 다니다, 육아에 돌입하면서 그마저도 어렵게 되었고, 그 사이 이들 부부는 우리 동네를 떠나 하가리로 이사했다. 나는 이번 인터뷰를 핑계로 부부와 오랜만에 만났다. 거의 1년 만에 얼굴을 마주하는 것이다. 잊은 줄 알았는데, 그들이 키우는 갈색 푸들 '초파'가 꼬리가 떨어질 듯 나를 반겨주었다.

취미로 만난 플라멩코가 바꾼 삶

제주에 이주 바람이 불기도 전인 2010년, 유미는 애월 고내리에 있는 작은 원룸형 빌라를 얻어 홀로 제주에 정착했다. 스물여덟 살 유미가 스스로에게 주는 선물과도 같은 것이었다. 사회생활을 시작하고 꽤 오랜 기간 유미가 버는 돈은 집으로 들어갔다. 더는 그 책임을 다하지 않아도 되었을 때, 집에서 가장 먼 곳에서 자신만을 위한 시간을 갖고 싶었고, 그 열망을 이룰 수 있는 곳은 제주라고 생각했다. 정착한 마을에서 원래 하던 웹디자인 일을 받아 재택근무를 하며, 나머지 날들은 자전거를 타고 동네 곳곳을 누볐다.

원래도 춤을 좋아해 서울에서 살 때도 자주 춤을 배우러 다녔다. 제주에서도 취미생활로 할 수 있는 댄스스쿨을 알아봤다. 근처에 발레 학원이 있어서 발레를 좀 배웠는데, 아무래도 시골이다 보니 학생 수요가 많지 않아 학원은 자주 사라졌다. 그러면 유미는 또 다른 댄스스쿨을 찾았다. 배우고 싶은 춤이 아니라 '운영하는 학원'을 찾아다니다 얻어걸린 것이 바로 '플라멩코'였다.

석준은 대학을 졸업하고 다닌 대형 어학원 사무실이 첫 직장이자 마지막 직장이 되었다. 제주로 완전히 내려오기 전까지 끝내 다닌 회사였으니, 7년 동안 함께한 곳이다. 일은 재미가 없어도 안정적이었고, 퇴근시간도 일정해 저녁 시간을 충분히 사용할 수 있었다. 일을 마친 저녁엔 여러 공연장에서 기타를 쳤다. 플라멩코 기타는 20년을 넘긴 그의 오랜 취미생활이자 유일한 꿈이었다. 무대에서 연주하는 시간이 가장 행복했지만, 누구나 그렇듯 월급이 주는 안정감을 쉽게 포기할 순 없었다.

유미가 제주에 정착한 지 3년쯤 되던 해, 석준이 플라멩코 공연을 위해 제주에 내려왔다. 유미는 그 공연을 보러 간 관객이었다. 당시 유미의 플라멩코 교습소 선생님이 석준의 공연팀과 연이 있어 공연 뒤풀이 자리에 유미도 동석했다. 그 자리에 모인 이 중에 짝이 없던 이들은 석준과 유미 둘뿐. 갑작스레 둘을 연결해주는 분위기가 되었다. 그런데 정말 둘은 그날로 연인이 되었고, 제주와 서울을 오가는 장거리 연애를 하다가 2013년 처음 만난 해를 넘기지 않고 결혼했다.

이루고 싶은 꿈만큼이나 먹고사는 문제도 중요했다!

결혼과 동시에 제주에 정착한 건 아니었다. 유미는 3년을 채워 가는 제주의 삶을 정리하고 서울(정확하겐 분당)로 올라가 신혼집을 차렸다. 석준은 놓지 못한 안정적인 회사를 계속 다니고 있었다.

"오빠는 제주에서 당장 직장을 구할 수 있는 게 아니었고, 또 사실 제주로 내려올 생각도 없었어요. 저는 제주에 머물고 싶었는데, 이젠 나 혼자가 아니라 둘이 함께 살아야 하니까…… '현실적'으로 생각하면 서울로 가는 게 맞잖아요. 그래서 다 접고 올라갔죠."

그래도 유미의 마음엔 제주가 쉬 떠나지 않았나 보다. 유미는 틈만 나면 제주에서 같이 살 빌미가 없나 궁리했다. 그 빌미는 석준의 오랜 꿈을 계속 들추는 거였다. 석준의 꿈은 공연팀을 꾸려 연주하며 사는 것이었다. 마침 제주에서 연을 맺었던 플라멩코 선생님이 같은 뜻을 가지고 있다 하여 유미가 석준을 꼬시고 꼬셔 제주로 내려왔다. 서울로 올라간 지 딱 1년 만의 일이다.

하지만 그 꿈은 제주에 와서도 쉽사리 이루어지진 않았다.

팀을 꾸리는 것부터가 힘들었다. 라이브 연주와 춤, 그리고 노래로 이루어진 팀을 만들고 싶었는데, 노래를 담당하는 팀원이 자꾸 도망갔다. 대중가수, 성악가 등 다양한 사람들이 그 자리를 거쳐 갔다. 하지만 몇 번 연습하다 보면 이상하게 연락이 두절되었다. 그로부터 3년이 지난 지금 이 팀은 '영화 촬영'을 할 정도로 눈부시게 성장했지만, 사실 그땐 반복되는 시행착오에 귀신이 곡할 노릇이었을 것이다. 게다가 협업하기로 한 동료도 힘을 실어주지 않고 지지부진했다.

그렇다고 마냥 기다릴 수도 없었다. 두 사람은 이곳에서 먹고 살 방도를 마련해야 했다. 가장 중요한 부분은 '고정수입'이었다. 현재로선 공연이 있을 리 만무했고, 또 교습으로 얻는 수익도 불안정했다. 한 달 벌면 다음 달은 굶는 일이 비일비재했다.

"매년 초가 되면 교육청 홈페이지에 방과 후 교사 공고가 떠요. 우쿨렐레 수업도 방과 후 수업 중 하나였기에 공고 뜰 때마다 어디든 지원했죠. 한 학기 교사를 뽑는 거니까, 일단 반년의 고정수입은 생기는 거잖아요."

제주시 중심으론 방과 후 교사 경쟁률도 매우 치열했다. 웬만한 포트폴리오와 경력으론 구할 수 없었고, 또 연주 실력으로 되는 것도 아니었다. 방과 후 교사의 특성상 연주의 수준보

단 얼마나 아이들을 잘 다룰 수 있나로 발탁되기 때문이다. 집에서 가까운 학교는 모두 떨어졌다. 하지만 도심과 멀리 떨어져 있는 곳은 선생님이 없어서 난리란다. 석준은 그렇게 집에서 가장 멀리 떨어진 표선, 중문, 한림에 있는 학교에서부터 일을 하기 시작했다. '위클래스'라는 수업에도 나가 아이들을 가르쳤다. 수업일수가 모자라 졸업을 못 하게 된 학생들을 따로 모아 우쿨렐레를 가르쳐주고, '빵꾸 난' 수업일수를 일부 채우는 제도이다.

배워본 바 우쿨렐레는 '치유의 힘'이 있는 악기이다. 악기를 처음 잡은 그날, 동요 한 곡 정도는 거뜬히 칠 수 있게 된다. 노래를 부르며 연주할 수 있어 신도 난다. 처음에 나와 같은 수준이었던 유미는 지금 수준급이 되어 우쿨렐레 교사 자격증도 땄다.

초등학교 선생님들은 석준이 한 번 수업하고 나면 일취월장하는 아이들의 실력에 자꾸 욕심을 냈다. 그래서 아이들을 연습시켜 노인 요양원, 재활시설 같은 곳에서 연주하는 장도 마련한다. 아이들은 성취감을 맛보고, 또 봉사활동으로 좋은 일도 하게 된다.

사실 학기마다 이력서를 내고, 면접 보는 일이 여간 스트레스가 아니다. 그래서 방과 후 교사는 빨리 그만두고 싶은 일 중에 하나지만, 더 배우고 싶어 하는 학생들로 인해 보람도 꽤 느낀다고 했다. 그렇게 이 부부는 학교와 연습실에서 우쿨렐레와 기타를 가르치며, 최종 목표인 공연팀을 꾸리고 만드는 일을 차근차근 준비해갔다.

"그래도 다행이었던 건, 당시 제주엔 우쿨렐레만 전문적으로 배우는 데가 거의 없었어요. 대부분 피아노 교습소에서 선생님이 조금 배워 아이들에게 기초만 가르쳐주는 경우가 많았거든요. 초급 이상으로 배운 분들이 좀 더 배우고 싶은 마음에 찾아오는 경우가 왕왕 있었죠. 멀리 성산에서 오시는 열정적인 분도 계셨어요. 초창기에 교습소를 찾아온 사람들이 지금까지 저의 이웃이고 친구가 되었어요. 우쿨렐레 앙상블도 꾸려 가끔 제주에서 공연도 했어요."

드디어 결성된 플라멩코 공연단, 소리께떼

2017년 5월은 부부에게 특별한 달이다. 오랫동안 염원했지만 시행착오가 계속되었던 공연팀이 드디어 결성되었다. 더 이상 도망가지 않는 소리꾼 '애선'을 만난 것이다.

석준은 어느 공연에 세션으로 참석했다가 애선을 봤다. 다른 팀의 공연이었는데, 독특한 악기와 어우러지는 그녀의 목소리에 매료되었다. 마음에 두고 있다가 SNS를 찾아보고 수소문한 끝에 애선과 통화할 수 있었다. 그런데 전화한 그날 그녀는 아기를 낳아 병원에 있었다. 지금 당장 팀을 시작할 수 없는 상황이었다. 100일 후쯤에나 전화를 다시 달라는 말에 석준은 알람을 맞춰놓고, 애선의 아들(이담)이 백일이 될 때까지 기다렸다.

정말 백일에 맞춰 다시 연락을 했고, 집으로 찾아오라는 애선의 말에 부부는 소리꾼의 집으로 갔다. 애선은 흔쾌히 팀원이 되어 소리를 담당하겠노라 말했다. 공연팀의 이름은 '소리께떼Soriquete', '소리를 너에게'라는 의미로, 한국어와 스페인어를 섞어 만든 조어이다. 또 플라멩코에서 장단놀음을 하며 노래하고 춤추는 모습을 뜻하는 스페인어 '소니께떼'를 연상시키기도 한다.

백일 된 아기가 있던 터라, 주로 연습실은 애선의 집이 되었다. 소리꾼의 육아를 함께 하며 연습했다. 그래서 이담이는 제 아빠보다 석준을 더 많이 보며 자랐다고 해도 과언이 아니다. 애선이 힘들어하면 석준과 유미가 이담이의 밤잠까지 재워가며, 부부가 영화관 데이트라도 할 수 있도록 등을 떠밀어주었다. 서로가 서로에게 구세주였으니, 팀원 간에 돈독한 우정이 쌓일 수밖에 없다. "형(애선의 남편)이 가끔 우스갯소리를 하죠. '이담이가 빨리 커서 버스 타고 너네 집에 가서 자고 왔으면 좋겠다'라고."

플라멩코 기타와 무용수, 그리고 도망가지 않는 소리꾼, 드럼이나 카혼, 바이올린 같은 다양하게 바뀌는 악기까지…… 모든 것이 준비되었다. 이제 소리께떼를 알리고, 공연하는 일만 남았다.

처음엔 주로 시에서 지원하는 여러 공연사업에 공모하는 것으로 소리께떼를 알리기 시작했다. 플라멩코와 국악이 어우러진 유니크한 음악이라는 콘셉트가 좋은 반응을 가져왔다. '신나는 예술여행' 사업으로 제주도 소외지역에 있는 학교를 돌아다니기도 했다. 춤을 추고 노래하는 사람들이라, 관객들이 아주 가까이에 있고 또 열정적으로 피드백을 해주면 아무리 관객이 어릴지라도, 음악에 문외한일지라도 무척 신이 났다.

그들의 박자에 손뼉을 치고 환호성을 질러주는 관객이 소리께떼 멤버들에겐 큰 에너지였다. 요양원, 시골학교, 터미널, 길거리…… 어디든 다녔다. 마을 축제도 마찬가지. 수산리 사탕옥수수 축제 땐 옥수수를 공연비로 받았다. 핸드메이드 된장을 받기도 했다. 공연비를 줄 수 없는 상황이지만 좋은 취지일 때는 공짜로 무대에 섰다.

"행복하기도 했지만, 2018년 초반엔 수입이 너무 없어 힘들었어요. 공연에 집중하고 소리께떼를 알리는 것에 더 중점을 두기 위해 고정수입이었던 수업과 강의를 줄이던 시점이었거

든요. 대출 받고 카드로 돌려막으며 살았다고 해도 과언이 아니에요."

꿈을 좇아가면 돈이 들어오지 않고 돈을 좇아가면 꿈을 잃는, 그 보편적인 원리가 제주에서라고 예외는 아니었다. 그래도 신은 그들의 노고를 저버리지 않았다. 2018년 하반기부터는 공연문의가 쏟아졌다. 제주 도심 축제, 막 오픈한 카페, 크고 작은 대회들에서의 공연은 물론이거니와 연말엔 소리께떼 단독 콘서트도 열었다. 제주 지역방송에도 출연했고, 심지어 소리께떼를 주제로 한 영화도 촬영했다. 제천국제음악영화제의 출품작으로도 선정된 이 음악 다큐 영화는 올해 8월에 개봉 예정으로 한창 촬영 중이다. 생애 가장 바쁜 하루하루를 보낸 덕에 돌려막기 인생을 잠시 내려놓을 수 있었다.

"어떤 공연이든 겨울엔 모두 비수기예요. 3월까진 공연이 아예 없다고 봐야 하는데, 작년 여름 가을에 번 수입으로 이번 겨울을 보낼 수 있게 되었죠. 아주 큰돈은 아니지만 그래도 겨울 동안 걱정 없이 연습하고, 다시 봄을 준비할 수 있는 시간을 벌었으니까요."

즐겁게 누리되 고민은 쉬지 않는다

여러 인터뷰이를 만났지만, 사실 제주에서 끝내 살겠다고 대답한 사람들은 없었다. 주로 제주에 온 사람들은 미래보다는 '지금 이 순간'에 충실한 사람들이었다. 현재 행복하기를 원하는 사람들, 수많은 걱정거리가 있지만 그래도 툭툭 털고 다시 오늘의 기쁨을 받아들이는 사람들. 한 치 앞도 알 수 없기에 "당장 내년에도 제주에 있을진 장담할 수 없다"라고 대답하는 사람들이 대부분이었다.

하지만 이들은 '이왕 제주에 내려왔으니, 오래 살고 싶다'는 의지가 무척 강했다. 제주에서 하고 싶은 일을 하게 되었으니, 유명해지고 싶고 또 돈도 벌고 싶다고, 나름의 야망을 이야기해주었다. 제주에 뿌리내리기 위해 많이 고민한다고 했다. 예술 관련 일을 하는 이주민들이 제주에 정착할 땐 어려운 일이 무척 많다. 사실 이해나 사회생활로 얽히는 관계들은 제주뿐만 아니라 모든 지역이 그럴 것이다.

"우리도 한 치 앞을 알 수 없긴 마찬가지죠. 조금 다른 점이 있다면, 다른 이들은 제주에서 어떻게 먹고살까를 고민하고, 제주라는 지역에 초점을 맞춘다면, 저희는 이제 그 고민은 아예 하지 않는 것 같아요. 제주는 삶의 전체이자 일부가 되었고 그냥 우리가 사는 곳이니까요. 더는 어디로 옮길 생각은 않는 거죠. 하지만 다음 행보에 대해선 늘 고민해요. 춤추고 기타 치며 노래하는 일이 좋지만, 내가 마흔이 되고 쉰이 되고 예순이 되었을 때도 우리의 공연을 봐줄 사람이 있을까? 그래서 그 나이에 걸맞은 일은 또 무얼까, 항상 고민해요."

그런 고민을 하다 보니 영화도 찍고, 콘서트도 열고…… 멈춰 있기보단 계속 발전하고자 애쓰는 것 같다. 작년 연말에 소리께떼의 콘서트를 다녀왔다. 아이 때문에 마지막 앵콜곡은 듣지 못하고 나와야 했지만, 나는 제주 땅에서 노래하고 춤추는 그들의 음악이 좋았다. 특히 내 아들과 같은 또래를 키우는 엄마가 소리를 하며 그 공연에 중요한 역할을 하는 것이, 대리 성취감이 느껴질 정도로 뿌듯하고 감동적이었다.

누구나 꿈꾸는 바람이자, 특별할 것 없는 보편적인 희망

소리꾼의 육아를 함께 하고 있지만, 정작 둘은 아이가 없다. 지금은 잠정적으로 아이 없는 삶에 두 사람이 모두 동의하고 사는 중이다(하지만 한 치 앞도 알 수 없는 삶이니, 일단 결말은 열어두자).

다음 행보에 대해선 늘 고민해요.
춤추고 기타 치며 노래하는 일이 좋지만,
내가 마흔이 되고 쉰이 되고
예순이 되었을 때도
우리의 공연을 봐줄 사람이 있을까?
그래서 그 나이에 걸맞은 일은
또 무얼까, 항상 고민해요.

하지만 아이처럼 키우는 반려견이 있다. '초파'라는 이름을 가진 푸들 강아지는 제주 서귀포에서 태어났다. 지역맘 카페에 입양 게시글이 올라왔는데, 강아지의 모든 형제들이 가족을 만났을 때도 끝내 입양되지 못하고 남아 있던 아이라 부부가 데려왔다. 셋은 교습소, 공연장 할 것 없이 언제 어디서나 함께 다니고, 명절 연휴에도 함께 육지행 비행기를 탄다. 강아지의 노후엔 여러 병치레로 제법 돈도 많이 든다고 해 매달 초파의 노후생활을 위한 적금도 들고 있다.

밖에서만 영역표시를 하며 배변하는 초파를 위해 매일 하루 세 번 이상 산책을 나간다. 초파와 함께 바다에 간 적이 있는데, 모래사장을 미친 듯이 질주하는 모습을 오랜 뒤에도 잊을 수가 없었다. 물 만난 토끼처럼 뛰어가는 초파를 보며 '세상에서 가장 행복한 개'라는 생각이 들었다. 세상엔 버려지는 강아지도, 1미터 목줄에 잡혀 평생을 앉아 있는 개도 있으니까 말이다.

"제주에서 살고 있지만, 생각보다 우린 현실적인 사람들인가 봐요. 지금 우리의 상황으로는 아이의 존재가 삶 속으로 들어올 겨를이 없거든요. 공연과 연습을 쉴 수 없는 부분도 있지만, 우리와 초파의 노후를 끝까지 스스로 책임지는 게 삶에서 중요한 부분이에요."

한 마디로 요약하면 '안정적이고 즐거운 삶'이다. 누구나 꿈꾸는 바람이자 더 특별한 것도 없는 보편적인 희망. 우리는 사실 바로 이 꿈을 이루기 위해 생을 사는 것이 아닐까? 그 꿈에 가닿기 위해 여러 가지 자신만의 방법으로 사는 것이다. 어떤 이는 결혼하지 않는 삶으로, 어떤 이는 아이 없는 삶으로, 어떤 이는 육아라는 방법으로, 어떤 이는 자발적 가난으로, 어떤 이는 열심히 저축하는 것으로…… 방법이 다를 뿐 그 어느 것 하나 틀린 것은 없다.

나는 그네들의 솔직한 이야기가 좋았다. 돈도 많이 벌고 싶고 유명해지고 싶다는 말도 좋았다. 그렇다고 그들이 아주 큰 욕심이 있는가? 그런 것도 아닐 것이다. 안정적이고 즐거운 삶을 위해 하루하루 하기 싫은 일과 하고 싶은 일 사이에서 균형을 이루며 사는 것이다.

/

워낙 식물을 좋아하고 잘 키우는 유미의 집에서 인터뷰를 하다, 못 보던 화분 하나를 발견했다. 마을에 피어 있는 '금전수'라는 식물의 줄기를 몇 개 잘라다 심었는데 제법 잘 자라고 있단다.

"마을 산책하다 발견한 이 식물이 예뻐서 몇 개 뽑아와 집 화분에다 심었는데, 그때부터 우리 공연이 정말 많이 잡혔어요. 금전수가 괜히 금전수가 아닌가 봐요."라는 말에 나는 웃었다. 그러곤 집에 돌아와 금전수를 검색해보았다. 이름도 노골적으로 돈을 뜻하는 데다, 줄기에 붙은 이파리도 동전 모양으로 주렁주렁 달려 있다. 영문명도 'Money Tree'.

유미와 석준의 집에서 금전수를 만난 그 주에 나는 오일장 장터에서 금전수 식물을 하나 샀다. 숨 쉬는 건 내 몸뚱아리 하나 — 아, 물론 지금은 아이를 키우고 있지만 — 건사하기도 힘든 내가 금전수 화분을 들고 가니 남편이 어이없다는 듯 웃었다. 나도 웃으며 "돈이라는 욕망에서 자유한 자 누구인가!" 하고 외쳤다.

석준과 유미, 그리고 소리께떼의 행보를 나는 늘 응원할 것이다. 제주 이주민으로서, 동네 친구로서, 그리고 육아 동지로서, 평범하지만 특별하게 살고 있는 그들이 더더욱 유명해지기를 바란다. 그래서 나는 그때 느낀 것처럼 대리 성취감으로 즐거워하고 싶다.

9

문경록

의사가 되고 싶어 '전설의 7수'를 감행했으나, 결국 약대에 들어갔다. 취업 후 남들처럼 약국 개국을 목표로 열심히 일하고 돈을 벌었지만, 카미노를 다녀온 후 인생이 바뀌었다. 현재 주말과 저녁이 있는 삶을 포기할 수 없어, 자칭 한국에서 가장 가난한 약사로 살고 있으며, 궁극적으로는 목수를 꿈꾼다.

주말과 저녁을 포기하기 싫어서 방법을 찾게 됐어요

이제 마지막 한 사람이 남았다. 사실 그를 만난 건 일을 하나 덜기 위해서였다. 그를 잘 알고 있기 때문이다. 우린 6년 전에 만났다. 여섯 해의 시간이 이 글을 쓰는 데 큰 (그리고 무엇보다 빠르게) 도움을 줄 거라고 생각했다. 하지만 오히려 쉽지 않았다. 그를 인터뷰한 뒤 컴퓨터 앞에 앉아 시작하는 문장을 썼다 지웠다 하는 행동을 매일 반복했으니.

서문에서도 이야기했듯, 2013년 가을에 나는 '카미노 데 산티아고'라는 순례길을 걸었다. 다리가 보통 짧은 게 아닌 데다 걸음도 느리고, 또 감동도 잘하는 탓에 나는 자주 걸음을 멈췄고, 마을에 오래 머물렀다. 가장 유명한 순례길은 거리가 총 800킬로미터인데, 보통의 한국 사람들은 매일 25~30킬로미터를 꾸준히 걸어 한 달 전후로 산티아고에 도착한다. 그런데 나는 47일이 걸렸으니, 같이 출발한 사람보다 보름 정도 늦어졌다.

그 말은 나보다 보름 뒤에 출발한 사람과 같이 목적지에 도착했다는 뜻도 된다. 실제로 그는 나보다 15일 늦게 프랑스 생장피드포르Saint Jean Pied de Port에서 출발했다. 직진 또 직진만 하며 목적지를 향해 차곡차곡 걸어간 사람과 한눈팔며 걷느라 길에서 살다시피 한 내가 목적지인 산티아고를 20킬로미터 앞둔 곳에서 마주쳤다.

우리는 종착지로 가는 마지막 코스에서 함께 걷게 되었다. 어쩌다 순례길에서 동행을 만나 한두 시간을 걷다 보면 나는 항상 뒤처졌다. 늘 사람들을 먼저 보냈다. 혹시라도 그날 저녁 알베르게에서 다시 만나면 반가운 거고, 그렇지 않으면 영영 그 사람을 만날 수 없었다. 매일 사람을 떠나보냈던 나는 그에게도 말했다. "전 걸음이 느리니 언제든 먼저 가세요. 우리 각자의 보폭대로 걸어요."

그의 다리는 얼핏 보기에도 내 다리의 두 배 길이쯤 되어 보였는데, 세상에 그 건장한 남자가 20킬로미터를 걷는 동안 내 보폭에 맞췄다. 여덟 시간 동안 나란히 길을 걸은 동행을 47일 만에 처음 만났다. 그 여덟 시간 동안 우리는 쉬지 않고 대화를 나누었다.

처음 만난 그 길 위에서, 그는 많은 이야기를 정직하게 꺼냈다. 간혹 '내가 이런 이야기를 들어도 되나' 싶을 인생의 가장 밑바닥에 깔린 일도. 하지만 괜찮았다. 그 길 위에선 어떤 이야기도 좋았다. 카미노는 노란 화살표 하나만으로 마음을 충만하게 해주는 곳이니까. 모두가 여벌의 옷이 든 배낭과 손때 묻은 지팡이, 그리고 누런 먼지를 덮어쓴 등산화만을 가지고 걷는 곳이니까. 비교할 일도 당할 일도 없는 곳에서 듣는 그의 인생은 아름다웠다.

그때 카미노에서 마주쳤던 그는 제주에 산다. 그리고 그 곁에 나와 아이가 살고 있다. 그렇다, 그는 나의 남편이다.

낭만적인 꿈이 집념, 아집, 도피가 돼버린 7년

〈응답하라 1988〉이란 드라마엔 '정봉'이라는 등장인물이 나온다. 배우고 싶은 것도, 하고 싶은 것도 많은 '똘기 충만' 6수생이다. 정봉의 복권 당첨으로 지하 셋방을 탈출하고 팔자 편 집안이라, 부모님은 정봉이 집안 최대의 골칫거리이지만 함부로 잔소리할 수도 없다. 대학 입시를 여섯 번이나 봤지만 그를 원하는 대학교는 없었다. 대입 결과 발표 날만 되면 정봉의 집은 초상집 분위기가 되고, 정봉의 엄마는 이불을 깔고 앓아 눕지만 정작 정봉은 입시에 대한 스트레스가 없다.

정봉을 능가하는 자가 바로 오늘의 인터뷰이 문경록이다. 그는 수능시험을 정봉보다 한 회 더 봤다. '전설의 7수생'. 정봉이는 입시 자체에 관심이 없었던 인물이지만, 문경록은 당시 입시가 인생의 전부이자 목표였다.

그는 의사가 되고 싶었다. 고등학교 때 로빈 쿡, 시드니 셸던, 베르나르 베르베르의 소설을 탐독했던 그는 '낭만적인 의사'를 꿈꿨다. 하지만 의사가 되려면 의대생이 되어야 하는데, 그는 늘 아쉬운 점수 차로 매해 입시의 문턱을 넘지 못했다. 다음 해엔 넘을 수 있을 것 같아 다음 해, 또 다음 해에도 자꾸 문을 두드렸다.

그렇게 7년이 흘렀다. 낭만적인 그의 꿈은 어떻게 보면 집념이고, 달리 보면 아집이고, 또 어찌 보면 '도피'였을 수도 있다. 고등학교 시절부터 인생에서 수능시험은 단 한 번으로 족하다 생각하며 살아온 나로선, 그가 그 일곱 해를 어찌 살았을지 가늠할 수 없었다. 우울의 깊이가, 슬픔의 정도가, 자존감의 높이가 어땠을까 생각하면 그 시절의 문경록을 가만가만 쓰다듬고 싶어진다.

“재수학원과 도서관으로 점철된 인생이었지. 친구들은 입학하고, 군대 가고, 또 졸업하는 모습을 나는 ‘아무것도 아닌’ 상태로 지켜보는 시절이 계속되었으니까. 간혹 같이 공부하던 녀석들도 또 지나가고……. 너는 카미노에서 사람들을 보내며 걸었댔잖아? 나는 그렇게 사람들을 대학에 보내며 학원을 지켰어. 형편이 좋지 않은데도 계속 나를 뒷바라지하시는, 묵묵히 나의 길을 지원해주시던 부모님께는 말로 표현하지 못할 미안함도 있고……. 하지만 나는 그 시절이 부끄럽지 않아. 지우고 싶은 기억은 아니야. 그 시절이 없었다면 분명 다른 어느 길에서 고꾸라졌을 거야. 그 7년 동안 나는 스스로를 방어하고, 어떤 일에도 쉬 상처받지 않는 단단한 나를 만들어가고 있었던 것 같아.”

‘칠전팔기七顚八起’라는 고사성어가 있듯, 힘든 일곱 해를 마치고 마침내 여덟 번째에 원하던 목표를 이루었다, 라고 글을 쓸 수 있으면 좋으련만. 끝내 그는 목표하던 과에 들어가지 못하고 길었던 재수 생활을 청산했다. 실수가 있던 해, 운이 없던 해, 원서를 잘못 쓴 해, 다른 대학을 다니다 다시 시작한 해도 있지만, 그 누구에게도 변명할 수 없었다. 그렇게 7년간 간절하게 꾸던 꿈을 미련 없이 내려놓고 의대가 아닌 약대에 입학했다. 누군가는 정말 징그럽게 길다 느낄, 그러나 문경록에겐 충분했던, 혹은 긴 인생과 견주어보면 한순간이기도 한, 그런 시간이었다.

그렇게 늦게 출발한 인생이라 '늦은'이라는 단어가 문경록에겐 익숙했다. 대학교도 늦게 들어가고, 군대도 늦게 갔다. 졸업도 늦게 했고, 취업도 남들보다 늦었다. 하지만 조급해하지 않고 늘 자기 자신을 다잡는 마음은 그 일곱 해에 충분히 연습한 터라, 늦은 인생을 사는 데 어려움을 느끼지 않았다.

느려도 괜찮아, 최선을 다할 뿐

문경록 인생에 수능 말고도 시험은 계속 존재했다. 그래서 습관처럼, 그는 크고 어려운 시험 앞이나 새로운 관문을 통과해야 할 상황에 놓이면 (사실 누구나 그렇겠지만) 몹시 긴장한다. 혹시나 작은 실수를 저질러도 잠도 못 자고 뒤척인다. 하지만 다행히도 이후의 시험들은 수능처럼 애를 먹이지 않았다. 약사고시도 한 번에 합격했고, 졸업 후 취업도 모두 한 번에 통과했다.

부산에서 태어나 광주에서 학교를 다녔고, 첫 직장에 합격하고선 서울에서 살았다. 서른셋에 첫 회사를 다닌 그는 3년 동안은 집과 회사가 전부였다고 해도 과언이 아니다. 늦게 시작한 만큼 그는 다른 것에 눈 돌리고 싶지 않아서 열심히 일하고, 돈을 벌었다. 그때 그의 인생의 키워드를 말하라고 하면 아마도 '인내'와 '차곡차곡'이었던 것 같다.

"서른셋에 학교 졸업을 앞두고, 그때 처음으로 혼자 여행이란 걸 해봤어. 그때 한창 걷기 동호회에서 걷고 계시던 어머니의 영향을 받아서 제주 올레길을 처음 걸었지. 그 이후로 인생의 중요한 순간들엔 제주에 들러 걸었어. 약사고시 시험을 끝내고, 합격한 회사의 첫 출근을 앞두고, 또 이직할 때……. 그때까진 '제주 참 좋다, 내 부모님이 이렇게 아름다운 곳에서 노후를 맞으면 좋겠다' 싶었어. 나까지 이곳에서 살게 될 줄은 꿈에도 몰랐지만."

지금도 그렇지만, 문경록 인생에 가장 소중한 것을 꼽으라면 '가족'이다. 부모님은 그의 인생에 가장 든든하며 변치 않는 후원자다. 그가 취업하고 돈을 벌기 시작했을 때, 그는 자신의 인생을 한결같이 기다려주고 응원해준 두 분에게 보답하는 것 외에 다른 하고 싶은 일은 없었다. 남들이 보기엔 정말이지 재미가 없는 인생이었을지도 모르겠다. 지루하리만큼 성실한 그의 '5년간의 차곡차곡'으로 부모님은 30년 만에 작지만 아늑

한 보금자리를 얻게 되었다.

"거북이 걸음으로 숙제를 마무리한 그때의 내 기분은 뭐라 말로 설명할 수 없어. 가파른 산의 정상에 올랐을 때 같은 기분. 앞으로도 나는 그 찰나의 기쁨을 만끽하기 위해 또 개미처럼 살겠지. 인생에 해결해야 할 숙제는 아직도 많으니……, 정작 우리는 아직도 연세 살고 있잖아. 그래도 지금처럼 천천히 성실히 살 거야. 그게 내 최대 목표야. 평생 월급 받는 인생. (웃음)"

적당히 벌고, 아주 잘 사는 방법을 모색 중입니다

2014년 가을, 새로운 약국에 첫 출근을 하기 전까지 짧은 휴식 시간을 이용해 산티아고 순례길을 걸었다. 그의 인생에 첫 해외여행이었다. 사실 여행이라고 단정 짓기는 힘든 길이었다. 한 달 동안 내내 걷고, 생각하고, 쪽잠을 자는 일이 전부였다. 가끔은 물집이 잡혀 걷지 못하는 외국인도 치료해주었다. 고작 물집 약을 발라주었을 뿐인데, 그들은 그를 '구원자'라 부르며 고마워했다. 30년을 넘게 살았지만, 특별한 재미도 경험도 많이 지니지 못한 탓에 순례의 길은 그에게 신선했다. 특히 가진 것에 만족하고, 감사하는 것을 배운 시간이었다. 인생 첫 해외여행은 그에게 많은 전환점의 계기들을 마련해주었다.

약대생들의 보편적인 길은 몇 년간 고용 약사 생활을 하며 경력을 쌓고, 개국해서 약국을 운영하는 것이다. 처음엔 문경록도 정해진 길을 걸어야 한다고 생각했다. 그래서 처방과 복약지도뿐만 아니라 경영에 대한 전반적인 노하우를 쌓기 위해 스터디그룹에서 공부도 했다. 개국하게 되면 무리해 대출 받을 계획을 세웠고 또 대출금을 갚기 위해 향후 몇 년은 주말 없이 밤낮없이 일할 각오를 다졌다. 하지만 순례길을 걸으며 그러지 않아도 된다는 생각이 들었다.

"물론 고용 약사들의 평균 연령은 정해져 있으니, 나도 점차 나이가 들면서 또 다른 걱정이 생기겠지. 하지만 현재로선 주말과 저녁을 포기하면서까지 개국할 마음이 내게 없다는 것이 중요해. 그 마음이 드니, 또 방법을 찾게 되더라고. 경쟁이 치열한 서울을 벗어나 제주에 오게 된 것도 사실 순례길을 걸으며 찾은 방법 중 하나였어. 제주엔 아직 약대가 없어서 자리를 찾기가 어렵지 않았고(참고로 올해 제주대학교에 약학대학이 처음 생겼다), 급여도 오히려 서울보다 높은 편이었거든. 조금만 벌고 — 아니 조금만은 사실 거짓말이고 — '적당히 벌고 아주 잘 살자'가 인생의 모토가 되었지. 그 방법은 지금도 모색 중이야."

생의 전환점이 되었던 순례길 끝에서 '인생의 동반자'도 만났다. 문경록은 당시 평생 결혼을 못 할 수도 있을 거란 생각을 지니고 살았다. 혼자 살고 싶어서가 아니라, 자신을 온전히 이해해줄 사람이 세상에 없을 것 같았단다. '약사'라는 두 글자로 표현되는 자신은 쉽게 신뢰를 받기도 했지만, 오해를 받기도 했다.

그는 '자칭' 한국에서 가장 가난한 약사였다. 가지고 있는 타이틀로 여러 사람을 쉽게 만날 수는 있었지만, 막상 만나면 가치관의 차이가 커서 마음이 서로 통하기엔 힘들었다. 그러던 차에 그녀를 만난 것이다. '지금 내게 얼마나 있는지, 앞으로 얼마나 더 벌 수 있는지'에 대한 것보다 '지금 얼마나 행복한지'에 무게 중심을 두는 그녀가 좋았다.

그렇게 길에서 만난 여자와 연애하고 결혼했다. 수중에 '천만 원'만 생기면 프러포즈할 거라더니, 정말 천만 원만 모아 결혼했다. 결혼식은 작게 해서 큰돈 들지 않았고, 보금자리의 연세와 꼭 필요한 가전제품을 사니 딱 맞았다. 신혼여행은 제주 올레길로 대신했다. 그 외에 결혼에 필요한 '돈이 들어갈 부분'들은 모두 생략했다.

"'제주에서 적당히 벌며 아주 잘 살자'라는 나의 제안을 네가 흔쾌히 받아주어 이곳에 우리가 살고 있긴 하지만, 그렇지 않아도 우리의 결과는 같았을 거야. 서울에서 각자의 일을 하며 살고 있어도, 우린 또 그곳에서 장점을 발견하며 가진 것에 만족하며 살지 않았을까? 사실 제주가 우리가 행복해지는 데 있어야 할 필수장치는 아닌 것 같아. 우리 마음이 가장 중요하지."

넘치지도 모자라지도 않은 삶을 살아요

문경록의 별명은 '절제(미)남'. 앞에서 수차례 언급한 것처럼 그는 인내심의 끝판왕이다. 그의 인생에 충동구매란 없다. 설사 정말 갖고 싶은 것이 있다 해도, 사게 될까 봐 일부러 지갑을 집에 두고 나오는 식이다. 본인에겐 매우 박하지만, 나에겐 꽤 관대한 편이다. '무엇이 필요하다'라는 나의 말엔 민감하다.

그런 그와 사는 제주에서 사실 돈 쓸 일이 없었다. 회사를 그만두고 제주로 내려간 나는 월급을 받지 못하니 자연스레 불필요한 지출은 하지 않게 되었다. 직장인일 땐 스트레스로 나가는 지출이 많았다. 하루에 갓 볶은 커피 한두 잔은 일종의 보상이었다. 제주에 와선 주로 집에서 커피를 내려 텀블러에 담아 외출했다. 아니, 자판기 종이컵 커피라도 제주의 지는 노을을 보며 마시면 그렇게 맛있을 수가 없었다. 공연도 맛집도, 딱히 그립지 않았다. 우리는 관광객들이 몰리는 맛집을 피해 다니는 성격이었고, 대부분 데이트를 할 땐 배낭에 도시락을 넣어 등산화를 신고 걸어 다녔다.

나는 문경록이 다달이 벌어오는 돈의 일부를 생활비로 받는다. 생활비는 둘 사이에 공동으로 생기는 지출로 쓰이고, 개인적인 지출은 내가 번 돈으로 충당한다. 나는 그에게 일종의 부채감이 있다. 성인이 되고 난 뒤 누군가가 벌어오는 돈으로 살아본 적이 없어서일지도 모르겠다. 그래서 더 소비하는 욕구가 줄었는지도 모르겠다. 세상에 쉽게 버는 돈은 없으니, 매달 주어진 월급에 감사하고, 소비 앞에 신중해진다.

절제와 소비의 균형을 잘 맞춘 덕인지, 도처에 깔린 현혹의 '잇템'들에 눈 돌리지 않은 덕분인지 몰라도, 아이가 태어나 새 식구가 하나 더 늘었어도 우리의 생활비는 4년 전과 변함없다. 대신 세상과 이웃을 위한 기부금은 조금씩 늘고 있다. 알차게 모으진 못 해도, 넘치지도 모자라지도 않게 산다. 제주에 오지 않았으면 사실 또 지켜내기 힘든 일일지도 모르겠다.

아이가 태어나고선 더 부지런하게 '거저 받는' 제주의 하늘, 땅, 나무, 숲을 누렸다. 어딜 가나 초록 잔디가 깔린, 아담하고 예쁜 제주의 초등학교는 아이의 충분한 놀이터가 되었다. 차가 들어오지 않고 울타리가 있는 큰 공터는 제주에 얼마든지 있었다. 우리는 그곳에 아이를 풀어놓고 지냈다. 돌, 나뭇가지, 모래, 삽만 있으면 종일 즐겁게 노는 아이를 보면서, 우리는 매

일 눈을 맞추며 "제주에 오길 잘했다"라고 속삭였다.

지리멸렬한 일상에 뿌리는 양념, 제주

제주에서 산 지 만 4년을 꽉 채우고 5년 차가 되었다. 그간 우리의 연애는 끝났고, 신혼생활도 종료되었다. 아이가 태어남과 동시에 우리는 연인이 아니라 전우로 관계를 다시 맺었다. 서로 사랑하지 않는단 뜻은 결코 아니다. 육아라는 전쟁에 돌입하면서 '사랑'에 대한 개념이 완전히 바뀌었을 뿐이다.

문경록 인생의 키워드였던 '인내'와 '차곡차곡'은 육아에 돌입하고 더욱 빛났다. 돈이 아니라 매일 견디는 일상을 인내로 차곡차곡 쌓았다. 보통 우리의 저녁 풍경은 이렇다. 한 손으론 아이의 밥을 먹이고, 다른 손으론 내 입에다 밀어 넣는다. 밥을 다 먹은 그가 아이와 함께 놀고 있으면, 나는 설거지를 하고 주방을 정리한다. 설거지가 끝나면 나는 아이 목욕을 시키고, 그동안 그는 전쟁터가 된 거실을 청소하고 선우의 장난감을 정리한다. 내가 아이를 재우는 동안 그는 분리수거장에 가서 쓰레기를 버리고 들어온다.

매일 톱니바퀴처럼 돌아가야 하는 일상. 잠시라도 하나를 빼먹으면, 산더미처럼 쌓인 빨랫감을 보거나, 발 디딜 틈 없는 방

구석을 봐야 하는 스트레스에 시달린다. 우리 모두 묵묵히 그 일을 해낸다. 이런 일은 사실 서로를 배려하는 마음에서 비롯된 거다. 누구 하나 미루면, 스트레스는 화가 되고, 화는 싸움으로 번질 것이 분명하기 때문이다.

그날도 어김없이 설거지 타임이 돌아왔을 때였다. 음식물 쓰레기를 비우고 온 그가, 선우를 받아 안고 나에게 말했다. "설거지하기 전에 달 보고 와." 나는 그 말에 끼려던 고무장갑을 내려놓고 베란다로 향했다. 지금 이 순간이 아니면, 다시 못 볼 그날의 하늘과 색깔들, 그리고 달의 모양……. 8초 정도의 여유를 가지면서, 나는 이 남자와 결혼하길 참 잘했다고 생각했다. 지리멸렬한 일상을 함께 견디고, 그 와중에도 내가 좋아하는 것들을 잊지 않고 기억하고, 또 챙겨주는 것. 함께 인생을 걷는 사람이 갖춰야 할 모든 것을 가지고 있었다.

이토록 사소하고 지긋지긋하며 귀찮은 일들을 나와 문경록은 매일 매시간 해내고 있다. 사실은 그런 시간을 함께 견디는 것으로 우리는 더욱 서로를 사랑하게 된다. 제주에서 누리는 일탈은 사실 이 지루한 일상 속에 가끔 뿌리는 양념과 같다. 그래서 그 양념이 너무나 소중하다.

/

문경록의 꿈은 현재 '파트 약사를 뛰는 목수'로 정리할 수 있겠다. 선우가 태어나기 전엔 아기침대도 직접 만들고 목공 수업도 들었다. 꿈꾸는 마흔 살 남자는 드물다. 그래서 (언제 이뤄질지 모르지만) 목수가 되고 싶어 하는 그를 응원하고 지지한다.

올해 봄부터 우리 가족에게 아주 작지만 특별한 일이 생겼다. 십수 년 전 잡지사 기자 시절에 했던 인터뷰로 지금까지 연을 이어오고 있는 천문대장님의 제주 집 마당에서 목공일을 연습하게 된 것이다. 자주 제주 집을 비워야 하는 천문대장님은 가끔 사람이 들러 집을 봐주는 이가 생겨서 좋고, 문경록은 모든 장비와 재료가 갖춰진 곳에서 홀로 목공일을 할 수 있어 좋고, 아들 선우는 호미 들고 열심히 마당을 누비며 땅을 팔 수 있어 좋다. 별다른 일이 없는 일요일이면 그곳에서 한나절을 보낸다.

주 6일 근무, 어쩌다 한 번 목공 연습으로 그의 꿈이 얼마나 더디 이뤄질지 가늠할 수 없지만, 그가 누구던가. 전설의 칠봉이가 아니던가. 꿈꾸며 기다리는 일은 그에게 즐거움이나 다름없다.

그 덕에 내게도 꿈이 생겼다. 다시 카미노를 걷는 것. 그리고 그가 목수의 꿈을 실현할 수 있게, 돈을 버는 것. 내게 걱정 없

당신의 디데이에
목수로 전향한 날,

D+가
추가되기를…….

이 글을 쓸 시간을 선물해준 것처럼, 나도 언젠가 그에게 같은 선물을 할 수 있게 되길 바란다.

"나는 오랜 시간 'D-' 인생을 살아왔어. 수능 D-100, 약사고시 D-50, 어느 제약회사 면접 D-10……. 그런데 언젠가부터 내 삶에 D+가 생기기 시작했어. 너와 만난 지 D+100, 결혼한 지 D+200, 선우 태어난 지 D+300……. 마이너스 뒤에 붙은 숫자를 생각하면 늘 조급했는데, 플러스 뒤에 붙은 숫자는 늘 나를 충만하게 해."

당신의 디데이에 목수로 전향한 날, D+가 추가되기를, 힘을 모아 응원해. 문경록, 파이팅!

제주 생활자들이 알려주는 제주살이 정착 TIP 10

1. 집은 어떻게 구하나요?

우선 포털사이트에서 제주 지역 부동산과 경매 정보 카페에 가입합니다. 하지만 그곳에서는 정보와 팁만 취득하고, 제주 〈오일장신문〉과 〈교차로〉를 이용하세요. 제주는 여전히 직거래와 발품 팔이가 통하는 곳이랍니다. 부동산을 이용할 경우라도 직접 가서 물어보는 것을 추천해요.

부동산 경기가 한창일 때는 '2억 5천만 원 이하의 농가주택은 없다'는 문구가 부동산 문 앞에 붙어 있기도 해서 마음의 상처도 많이 받았어요. 집값이 조금 안정된 지금도 여전히 수요가 많은지 비싸더라고요.

제주에 터전을 마련하고 싶다면 먼저 '1년 살기'를 해보면서 제주가 정말 내게도 좋은 곳인지 직접 겪어보는 게 중요해요. 그리고 나에게 맞는 지역은 어디인지(생각보다 동네마다 분위기가 많이 달라요) 제주 곳곳을 다녀보면서 느낌이 오는 곳을 선택하면 좋을 것 같아요. 또 마트, 병원, 바다, 헬스장, 산책…… 각자 자신의 삶의 우선순위를 생각해보고 위치를 정하는 것이 좋답니다.

_ 소다미

2. 연세 제도에 대해 알고 싶어요

제주는 육지와 다르게 월세가 아닌 '연세'로 집을 구할 수 있어요. 예를 들어, '보증금 500만 원에 연세 500만 원' 하는 식으로 한 해분의 임대료를 한꺼번에 치르고 1년을 사는 것이죠. 요즘은 집값이 많이 오르면서 월세방도 많아졌지만, 아직도 신구간(연초에 있는 이사철) 즈음에 동네를 다니다 보면 연세 매물이 대부분입니다.

월세도 살아봤지만 마음 편하기로는 연세가 '장땡'이에요. 프리랜서의 1년 연봉이 직장인과 비슷하다고 가정해도 월수입이 일정치가 않은 경우가 많죠. 매달 다가오는 월세의 압박이 없으니 적게 버는 달에도 큰 스트레스 없이 넘길 수 있어요. 그래서 연세는 마치 프리랜서를 위한 제도구나 하고 생각할 정도입니다.

월세방도 주인 삼춘과 얘기해서 연세로 내면 한두 달치 월세를 빼주어 경제적으로도 이득이죠. 수백만 원의 연세로 서울보다 넓고 조용한 방을 구할 수 있습니다. 발품을 팔거나 소개 받으면 조금 더 좋은 조건으로 1년 동안 제주에서 버틸 수 있는 나의 공간이 생기는 것이죠. 육지 스타일의 원룸은 제주에서도 다소 비싸고, 다세대나 연립은 좀 더 저렴하고 넓어요. 도심을 벗어나면 조건이 더 좋을 수도 있는데 단, 차가 없으면 힘들어요.

_희정

3. 제주에서 일자리는 어떻게 찾나요? 제주에서 살면 진짜 좋아요?

제가 블로그를 통해 가장 많이 받은 질문이기도 한데 사실 다들 가진 능력과 경력이 달라서 해드릴 수 있는 조언이 많지는 않아요. 저는 구인구직 사이트 외에도 공공기관 홈페이지, 인터넷 카페 같은 커뮤니티, 개인 블로그까지 온라인으로 찾을 수 있는 모든 사이트를 다 보았고, 나중에는 제 전공과 경력에 맞는 회사들을 찾아서 홈페이지에 별도의 구인 공고가 있는지도 확인했어요. 오랫동안 많은 취업 정보를 찾다 보니 다니고 싶은 회사의 조건에 나름의 기준이 잡히더군요.

그래서 취업과 관련된 질문에 제가 가장 많이 드리는 대답은 '많이 찾고, 오래 기다리라는 것'이에요. 그만큼 육지에 비하면 제주도는 취업할 수 있는 직종이 다양하지 않고, 근무환경이 열악한 게 사실입니다. 마음에 드는 직장을 찾을 때까지 열심히 찾고, 그곳에 자리가 날 때까지 기다리는 것이 정답인 것 같아요.

제주에 이사 온 후 "제주에 사니까 좋아?"라는 질문을 정말 많이 받았는데 한 번도 빠짐없이 "좋다"고 대답할 수 있었던 가장 큰 이유는 '자연' 때문이에요. 제주에 살고 나서야 제가 바다와 나무, 풀, 꽃들로부터 제법 많은 위안을 받을 줄 아는 사람이었다는 사실을 알게 됐어요. 대수롭지 않은 방법이지만, 제주에 사는 게 지친다는 생각이 들거나 외로울 땐 바다를 보러 가고, 숲을 걸으러 갑니다. 큰 수고를 들이지 않고도 퇴근 후나 주말에 동네 공원 가듯 제주의 바다와 숲을 누릴 수 있는 제주도민만의 뿌듯함을 되새기면서요. 자연 속에서 좀 더 본격적으로 뒹굴거리기 위해 원터치 텐트도 장만했어요. 날씨 좋을 땐 바다 앞 평평한 데에 텐트를 무심히 툭 던져줍니다.

처음 제주에 왔을 때처럼 "헐, 대박!" 하고 크게 감동하지는 않아도 언제나 변함없이 "아, 좋다"라고 생각할 수 있어 좋아요. 거기서 조금 더 기분을 내고 싶을 땐 육지 친구들과의 단톡방이나 블로그에 그 풍경을 자랑합니다. "부러워", "좋겠다"는 말을 들으면 힘들고 어려운 마음을 버텨낼 힘이 조금 생기는 것 같아요. 제주에 살면서 장담할 수 있는 두 가지는 사는 내내 이 자연과 풍경들에 결코 질리지 않을 거라는 것, 그리고 만약 제주를 떠나게 되면 아주 많이 그리워하게 될 거라는 것. 그 사실을 잊지 않으려고 합니다. 제주에 사는 감사함을 잃지 않기 위해서요.

_ 로사

4. 제주도는 텃세가 심하다는데, 제주도민과 친해지는 노하우가 있나요?

스스럼없이 다가가는 마음가짐이 중요하죠. 저는 제주어를 배우려고 애썼어요. 언어를 배우면서 도민들의 습관이나 애환도 이해하게 되더라고요. 조천읍 같은 경우에는 마을마다 소소한 모임들이 많아요. '트럼펫 조천하모니 앙상블' 동아리도 있고요(킴키 남편이 색소폰 연주자로 활동하고 있어요). 마을 도서관 모임도 있어요(독서, 학습, 합창 등 다양한 활동을 하며 읍사무소에서 알아볼 수 있어요).

다양한 마을 활동에 참여해볼 것을 추천합니다. 제주도는 아직까지 인맥이 최고예요. 물론 저희가 만난 것처럼 사진 동호회, 살사 동호회, 그림 그리기 동호회 등 많은 동호회도 제주도민을 만나게 해줄 거예요.

_ 토끼

5. 추위를 많이 타는 편인데, 제주에서 겨울을 나는 방법 좀 알려주세요

제가 사는 집은 난방시설이 되어 있긴 하나 전혀 따뜻하지 않습니다. 사실 제주엔 이런 집이 많습니다. 겨울이 되면 외투를 껴입고도 하얀 입김이 나올 때가 태반이지요. 그래서 여러분! 운동이 필요합니다. 운동은 몸에서 열을 내게 만들지요. 운동이 끝나면 또 춥습니다. 정말 어떨 땐 집 안보다 바깥이 더 따뜻한 것 같은 느낌이 들 때가 많아요.

하지만 너무 걱정 마세요. 제주는 해가 쨍하게 뜨고 바람이 불지 않으면, 겨울에도 무척 따뜻합니다. 그런 날은 캠핑용 의자를 가지고 나가 강아지 오름이와 함께 일광욕을 하곤 해요. 한겨울에도 제주는 일광욕을 할 수 있는 곳입니다. 햇볕을 쬐며 누워 있는 그 시간, 너무나 행복하지요.

_ 태호

6. 오프라인 장터에 참여하고 싶어요

벨롱장, 지꺼진장, 하루하나장…… 각 장마다 온라인 카페 혹은 밴드가 있어요. 마켓마다 그들이 규정한 신청서 양식이 있고, 때가 되면 셀러를 모집합니다. 셀러의 수를 제한하는 경우도 있고, 중복된 품목을 제한하는 경우도 있어요. 그래서 쉽게 셀러가 되기도 하지만 어느 달은 신청자가 많아서 간택을 받아야 하기도 해요. 신청해서 정식 허가가 나면, 마켓이 열리는 날 가서 자리를 잡고(선착순으로 자리를 잡을 수도 있고, 지정해주기도 합니다) 물건을 진열한 후 팔면 됩니다.

하지만 플리마켓도 집을 구하는 것과 마찬가지. 실제로 직접 방문해본 후, 자신의 제품과 설명을 올리는 것이 좋아요. 요즘은 워낙 장이 많아서 쉽게 접근할 수 있는 곳이 많습니다. 다만 장터 고객들도 SNS의 영향을 많이 받기 때문에 미리미리 인스타그램 같은 SNS로 본인과 제품을 충분히 알리는 것이 중요합니다.

_ 킵키

7. 제주에서 '음악'으로 먹고살 수 있나요?

모든 분야가 그렇지만, 서울에선 예술 분야도 경쟁이 치열합니다. 그에 비해 제주가 무대에 설 기회가 많은 건 사실이죠. 하지만 아무리 실력이 좋다고 해도 기회가 알아서 찾아오는 것은 결코 아닙니다. 음악으로 먹고살 수 있는 환경을 만드는 일은 고단하고 인내를 요하지만 반드시 거쳐야 하는 과정이죠. 일명 버티는 기간!

사람이 왔다가 떠나는 일이 빈번한 곳이라 제주에서 외지인이 머문 1, 2년 정도는 아무것도 아닌 시간입니다. 적어도 3년은 버텨야 "아, 가이네는 여기서 뭐라도 하멍 오래 살꺼닮다(그 사람들은 여기서 뭐라도 하면서 오래 살려나 보다)" 하며 그제야 눈길을 보내주거든요. 제가 실제로 제주도 사람에게 여러 차례 들었던 말이기도 합니다. 그게 어떨 때는 서운할 때도 있고 답답하기도 했지만, 지나고 보니 여느 이들처럼 스쳐가지 말고 제주도의 한 일원으로 잘 정착하기를 바라는 마음이 담겨 있었던 것 같습니다.

이곳에서 '먹고살' 작정이라면 당장 내 음악을 들어주길 바라기보단 내가 '먹고살' 이 땅의 문화와 관습을 이해해야 한다고 봐요. 그리고 그 안에서 차근차근 나의 자리를 찾아가다 보면, 방법이 생기더라고요. 이렇게 말하고 보니, 우리가 마치 구체적인 계획을 세워 이뤄낸 것 같지만, 사실은 전혀 아니에요. 힘들고 지난한 1년, 2년을 보내고 뒤돌아보니 '아 그랬던 거구나' 깨달았을 뿐입니다.

단지 확실한 건 우리가 여러 시련에도 결코 잃지 않았던 것이 있어요. '여기를 떠나지 말자. 제주에서 오래도록 하고 싶은 일을 하면서 살자.' 퇴로를 없애세요. 그럼 제주에서도 잘 먹고살 방법이 생기는 것 같아요.

_ 석준, 유미

8. 제주에서 '그림'을 그리며 먹고살 수 있나요?

모든 지역이 그렇듯 마냥 그림만 그리며 마음 편히 지낼 수는 없어요. 그래서 작가들은 원데이 클래스 강좌나 플리마켓 셀러로 많이 활동합니다. 요즘엔 관광상품으로 아트상품 기념숍이 많아지고 관광객들에게 필수 코스이기도 해서 디자이너로 계약하기도 하고 작품을 납품하는 작가들도 많아요. 지금 제주에는 미술회화 전문 강사가 부족해요. 15년 전부터 공예 붐이 일었는데 지금도 미술강사들 구하기가 많이 힘든 상황이에요. 매년 1, 2월 학교 채용공고에 정보가 올라오니 교육청 홈페이지에서 확인하면 쉽게 공고를 확인할 수 있어요. 강사료는 시간당 3만 원 정도입니다.

제가 대한민국여성능력개발협회 지부장을 맡고 있기 때문에 많은 기관에서 강의 문의가 들어오는데요. 캘리그래피뿐만 아니라 생활공예, 원예, 캔들, 풍선, 레크리에이션 등 평생교육 관련 강의를 할 수 있고, 제주에 내려와 방법을 몰라 막막하다면 저희 협회에 소속되어 활동할 수도 있어요. 관심은 있는데 자격증이 없어서 어려울 경우 교육을 받아 자격증을 발급받고, 강사 양성과정을 거치면 강사로 활동할 수 있습니다.

이중섭거리에 있는 창작 스튜디오에서 1년에 2번 작가를 모집해요. 그곳에 입주하게 되면 작업실 겸 숙소도 제공해주므로 그림을 그리고 싶은 사람들은 그곳에서 활동해보는 것도 괜찮은 방법이에요.

_ 선희

9. 제주에서 책방을 하려면 어떤 준비가 필요한가요?

요즘 독립서점이나 작은 책방을 운영하고자 하는 분들이 많아서인지 제주에서 책방을 열고 싶은 분들이 무명에 조언을 구하러 오는 경우가 종종 있습니다. 그럴 때마다 '임대료를 최대한 줄일 수 있는 방법'을 찾으라고 귀띔합니다. 책을 팔아서 임대료와 책방 운영비를 얻는 것은 결코 쉬운 일이 아니기 때문입니다. "책방을 하려면 건물주부터 되라"는 말이 농담이 아니라는 걸 실제로 책방 운영을 해보고서야 알게 됐어요.

제주에는 무상임대나 공간지원, 장기임대, 자가주택 활용 등 육지에 비해 좀 더 다양한 형태가 있으니 장소 선정 전에 임대료 지출을 최소화하는 방법을 모색해봤으면 합니다.

하나 더 알려드리자면, 2017년 11월 4일 지속가능한 책방 운영을 고민하는 동네책방지기 모임에서 제주동네책방연합(회장 임기수 북타임 대표)을 결성했습니다. 2017년 12월 '제주동네책방과 함께하는 책방 운영 워크숍'을 시작으로, 한 달에 한 번 정기모임을 갖고 있어요. 작은 책방과 작은 출판사가 상생하는 생태계와 제주의 고유한 책방문화를 만들어 나가고자 교류하고 있습니다. 제주에서 책방을 운영 중인 책방지기 누구나 가입할 수 있습니다.

_ 원경

10. 제주를 더 즐겁게 여행하는 방법이 있나요?

◦ 제주에서 렌트를 한다면 반드시 전기차로 할 것

우리나라 전기차 충전소의 대부분이 제주에 있다고 할 만큼, 제주는 관광지 곳곳에 충전소가 자리 잡고 있습니다. 굳이 관광지가 아니더라도 카페, 관공서, 해안가 등 이동하는 코스 어딘가에는 반드시 충전소가 있어요. 환경을 지키는 동시에 기름 값도 아낄 수 있고, 충전하는 동안에도 여행을 이어갈 수 있어요.

◦ 여행 목적지는 하루 두 곳 이하로

제주에서 급하게 움직여서는 딱히 얻을 것이 없어요. 여행 중이라면 목적지를 줄이고 이동하는 중간중간, 그리고 목적지에서 천천히 머무르며 시시각각 변하는 제주의 풍경을 그대로 누리는 것이 좋아요. 그게 제주의 진짜 매력!

◦ 제주의 날씨를 결코 확신하지 말 것

일기예보를 듣고, 혹은 아침에 잠시 창밖을 보고 그날의 짐을 확정해서는 '네버!' 안 됩니다. 제주는 맑고 파란 하늘 아래에서도 비를 맞고, 바람을 맞을 수 있거든요. 바람막이와 우산 정도는 항상 상비하는 것이 여러모로 편안할 겁니다.

◦ 제주어를 꼭 한 번 배워볼 것

제주는 내가 관심을 갖고 다가가는 만큼 더 많은 선물을 주는 것 같아요. 제주에 처음 오자마자 들었던 제주어 노래 덕분에 제주어를 좋아하게 되었고, 얼마 전에는 제주어 노래까지 만들게 되었거든요.

제주어를 배우게 되면 제주의 지난 삶과 문화를 알게 되고, 그만큼 보이는 것과 들리는 것이 더 많아져서 새로운 관계도 새로운 즐거움도 얻게 됩니다. 너굴양&댕댕군의 웹툰 〈제주니까, 괜찮을 줄 알았지?〉를 참조한다면 제주 생활에 더 큰 도움이 될 거예요.

_ 힘찬

지난해 11월에 시작한 인터뷰는 4월 말이 되어서야 끝이 났다. 시행착오도 많았고, 더러 취소되기도 했다. 《누구의 삶도 틀리지 않았다》라는 제목의 책으로 묶일 때까지, 나는 열한 명의 사람을 만났다.

저마다의 길을 걷는 사람들이었고, 또 그들은 서로를 알지 못했다(아, 인터뷰하다가 우연히 이 중 두 사람은 서로 연이 있다는 걸 알게 됐다). 인터뷰와 녹취, 글쓰기를 반복하면서, 나는 결국 나를 위해 이 사람들을 만나게 됐음을 깨달았다. 그들의 입에서 흘러나오는 말들은 내게 "그래, 잘하고 있어. 너답게 살면 돼"라고 다독여주었다.

열심히 살아가는 사람들이지만, 전혀 고민이 없는 것은 아니다. 그 고민은 거의 같았다. '내가 지금 뭘 하고 있나' 하는. 그런 생각이 들 때면 그들도 나도 바닥에 주저앉는다. 하지만 결국 우리는 서로를 위로하고 격려하고 다독이며 주저앉았던 스스로를 일으켜 세운다. 어쩌면 스스로를 일으켜 세우기 위해 사람을 만나는 것 같다.

이렇게 계속 살아도 되나, 나처럼 끊임없이 갈등하고 의심하는 독자들이 있다면, 이 친구들의 삶이 더 없는 응원이 되었으면 좋겠다. 꼭 제주가 아니더라도, 수없이 흔들리더라도, 당신이 좋아하는 일, 당신이 의미 있다고 생각하는 일, 당신이 가치 있다고 생각하는 일에 가 닿을 수 있는 용기를 이 책을 통해 얻었으면 좋겠다.

뭐 하나 내세울 것 없는 나를 위해 기꺼이 시간을 내어주고, 함께 고민해주고, 사진까지 챙겨주신 아홉 팀의 인터뷰이들에게 몇 번이라도 절하고 싶다. 또 책을 위해 애써주신 앤의서재 두 대표님과 J 언니에게 감사를 전한다. 그리고 나의 육아동지인 시어머니와 고승도치어린이집이 없었다면, 이 책은 영영 세상에 나오지 못했을 것이다. 마지막으로 내가 원하는 일이라면 언제든 무엇이든 도와줄 준비가 되어 있는 문경록. 인터뷰이, 남편, 아빠, 조언자…… 모든 역할에 충실한 사람, 정말 고마워.

누구의 삶도 틀리지 않았다

초판 1쇄 발행 2019년 7월 20일
초판 2쇄 발행 2021년 3월 31일

지은이 박진희

펴낸이 한선화
디자인 디자인여름
마케팅 김수진

펴낸곳 앤의서재
출판등록 제2018-000344호
주소 서울 마포구 월드컵북로 400 5층 21호
전화 070-8670-0900
팩스 02-6280-0895
이메일 annesstudyroom@naver.com
인스타그램 @annes.library
블로그 blog.naver.com/annesstudyroom

ISBN 979-11-966585-4-0 03810

이 도서의 국립중앙도서관 출판예정도서목록(CIP)은 서지정보유통지원시스템 홈페이지(http://seoji.nl.go.kr)와 국가자료공동목록시스템(http://nl.go.kr/kolisnet)에서 이용하실 수 있습니다. (CIP제어번호: 2019025353)